AF617703

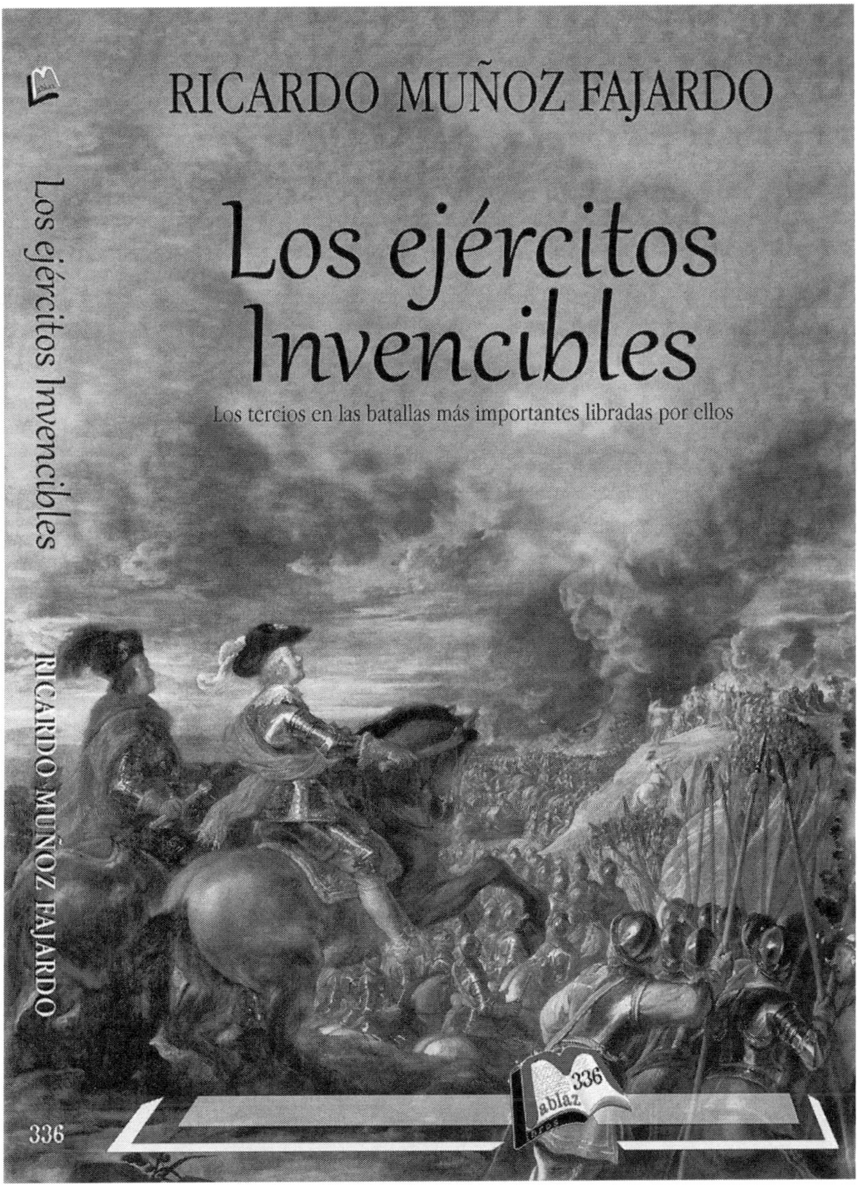

RICARDO MUÑOZ FAJARDO

Los ejércitos Invencibles

Los tercios en las batallas más importantes libradas por ellos

Los ejércitos Invencibles

RICARDO MUÑOZ FAJARDO

336

Los ejércitos invencibles
Primera Edición, enero de 2024

Blogs:
Editorial Libros Mablaz
http://editoriallibrosmablazycienciaficcion.blogspot.com.es/
Ciencia ficción y fantasía en Libros Mablaz:
http://mablazlibros.blogspot.com.es/
Introducción a las obras de Libros Mablaz:
http://librosmablazextractos.blogspot.com.es/
Libros Mablaz en Facebook:
https://www.facebook.com/groups/530547690292189/
Tu Librería en Casa:
https://www.facebook.com/TuLibreriaEnCasa
Librería Crisis–Neogénesis:
http://www.todocoleccion.net/neog%C3%A9nesis_vendedorTC

Diseño de cubiertas: Mari Carmen López

ISBN: 978-84-127635-6-0
Depósito Legal: M-34475-2023

LIBROS MABLAZ - 336

Los ejércitos invencibles

Una parte de las guerras de los tercios

Ricardo Muñoz Fajardo

España fue un imperio,

a pesar de sus reyes y la religión

I. A modo de introducción: ¿Qué era un tercio?

José Ferre Clauzel: *TERCIOS, el arte de la guerra*

En vez de un simple nomenclátor, para esta ocasión el editor ha preferido hacer una breve introducción para ver lo que era un tercio del ejército español de los siglos XVI XVII, que el lector instruido en el tema puede obviar, o simplemente ser un capítulo de consulta para cualquier otro que esté ante una duda sobre su funcionamiento.

Un tercio era una unidad de infantería, nunca de caballería. Funcionó como tal durante el gobierno de los reyes de la Casa de Austria, pudiéndose establecerse su origen a finales del año 1534, cuando Carlos I emitió un decreto dirigido al virrey de Nápoles y la inmediata Ordenanza de Génova, en que se nombra la palabra «tercio» como tal por primera vez, tal vez denominados así porque en principio se establecieron tres como división del ejército para guarnecer las posesiones hispanas en Italia —Nápoles, Sicilia y Milanesado—, los llamados Tercios Viejos.

Los antecedentes, sin embargo, se pueden establecer en el transcurso de la Guerra de Granada, donde el ejército español copió el modelo suizo de los piqueros, y durante el transcurso de las campañas italianas del Gran Capitán, donde sin establecer el modelo del tercio al cien por cien, se obtuvieron importantes victorias contra las huestes francesas.

Volvemos a la primera frase de este preámbulo, «un tercio era una unidad de infantería, nunca de caballería». Sigamos. Vamos a recaer en algunas redundancias ahora, necesarias para explicar la división de cada uno de ellos. Una unidad no se componía de un número preestablecido de compañías, variaba según la oportunidad y el momento.

El tercio estaba gobernado por un maestre de campo y el sargento mayor, que se trataba del cargo militar inmediatamente inferior a este, al menos hasta el año 1600; cada compañía con un capitán, siempre español y elegido por el rey. Este tenía a su cargo otros oficiales, el alférez, que tenía bajo su responsabilidad llevar la bandera de la compañía en el transcurso de los combates, el de intendencia o furriel y el capellán. También había un sargento, encartado de mantener el orden y la disciplina, varios cabos de escuadra, que tenían bajo sus órdenes a veinticinco soldados cada uno, y los auxiliares, que además de los citados furriel y capellán, solían ser los músicos, el paje del capitán o los barberos.

A pesar de lo dicho, no todos los capitanes estaban nombrados por el rey. Los de los regimientos los elegía el maestre del campo o coronel que mandaba el mismo.

La tropa estaba formada por soldados voluntarios, al principio tan solo de nacionalidad española, hasta que a finales del reinado de Felipe II se movilizaron tercios con soldados italianos, valones o borgoñeses, alemanes, suizos, húngaros, ingleses, flamencos, irlandeses o de otras partes del imperio, en los que se podían incluir a mercenarios sin otro bando que el dinero, aunque eran una minoría en la composición de los mismos.

La importancia de los tercios, además de su táctica y disposición invencible hasta que quedaron obsoletos, fueron sus aportaciones al ejército moderno. Aunque la soldadesca se alistaba de forma voluntaria, como ya se ha citado ya, y se solía disolver tras una campaña, los Austrias decidieron mantener a una parte de la tropa movilizada tras la conclusión de cada una, por lo que se trató de uno de los primeros ejércitos permanentes de la historia. El compañerismo, la fe entre ellos, la experiencia y la eficacia que todo ello conllevó hizo de los tercios un ejército invencible durante muchos años, antes de que la decadencia de los Austrias y la mirada centrada por estos reyes tan solo en su propio ombligo hizo que la hueste se quedara estancada en el pasado y perdiera la etiqueta de irreductible que hasta ese momento mantuvo.

Un segundo detalle a destacar con respecto a lo que entendemos como fuerzas armadas modernas es que la formación del Tercio de Galeras se puede considerar la primera unidad de infantería de marina de la historia.

Los tercios llamados viejos fueron los creados al principio. Fueron el Tercio Viejo de Sicilia —o de Pedro de Paz, popular de los Almidonados o de los Pretendientes—, el Tercio Viejo de Nápoles y el Tercio Viejo de Lombardía

—apodado de los Vivanderos o de los Sacristanes—, más los dos establecidos poco tiempo después, Tercio Viejo de Cerdeña y el ya citado Tercio de Galeras. Los posteriores serían ya conocidos como tercios nuevos, lo que supone que el apelativo de «viejos» es utilizado muy habitualmente de forma errónea. La denominación de «tercios viejos» surgió durante el envío de los cuatro creados en Italia a la Guerra de Flandes, cuando para reforzarlos fueron llevados hasta allí nuevas tropas de los mismos territorios, a excepción de Cerdeña, cuyo tercio se liquidó por problemas de disciplina un año después de su llegada a los Países Bajos, en 1568, y, para diferenciarlos de los antiguos, se empezó a nombrar a estos como tercios viejos y a los recién incorporados tercios nuevos. De acuerdo a esto, el Tercio Viejo de Cartagena, donde según la saga del escritor Arturo Pérez Reverte se sitúa al capitán Alatriste, no existió, lo que no quita que la serie sea una interesante recreación literaria

Habitualmente, se les denominaba tomando el nombre del territorio donde servían, como es el caso de los ya mencionados como tercios viejos, a los que se añadieron el de Saboya o el de Flandes. También se les llamaba por los lugares en donde habían sido reclutados, como pudieron ser el de Málaga o Granada, o donde habían realizado campañas, aunque hubiesen concluido hacía tiempo, entre los que destacaban de La Liga, Florencia, Castilnovo, Bretaña, o incluso por el nombre de sus maestres de campo — Miguel de Barahona, Luis Pérez de Vargas, Diego de Castilla, Luis de Queralt, apodado de los Papagayos, Bobadilla, llamado de los Colmeneros, Manrique, nombrado como el de Zarabanda, Íñiguez, cuyo mote era de los Cañutos, Zúñiga, apodado el del Duratón, y más—.

La nota inicial que estamos estableciendo sobre los tercios no puede obviar sobre cuál era su composición, Estaban divididos en tres tipos de soldados según el arma de que dispusieran. Así, se contaba con piqueros, arcabuceros y mosqueteros. Los primeros eran la evolución de la infantería medieval y conformaban el mayor número de efectivos de la tropa. Los arcabuceros se situaban en los flancos de estos, más como salvaguardia de sus compañeros que otra cosa, puesto que aunque su arma era de fuego, contaba con tantos inconvenientes como ventajas. Escopetas, al menos un predecesor de ellas, de avancarga y de poco alcance y precisión. Los mosqueteros, aunque estemos hechos a la idea de que eran magníficos espadachines por la influencia de la trilogía del escritor Alejandro Dumas, padre, sobre ellos, reciben su denominación de los mosquetes, una especie de fusil antiguo que aunque también se cargaban por la boca y se montaban en horquillas, al menos durante las primeras etapas de su implantación, vomitadores de balas y plomo que causaban estragos en las filas enemigas por lo que se podía considerar que era una forma de artillería ligera. La supremacía de los tercios durante más de un siglo vino precisamente de la innovación que supuso la combinación en la batalla de las armas tradicionales y las de fuego. La caballería podía ser detenida por una formación de picas, lanzas largas coronadas por una puya de hierro que se anclaban al suelo por el terreno o los pies calzados de botas de los infantes y los mosquetes, que aunque en principio eran armas bastas con las que acertar a un enemigo concreto era casi una lotería, ya que en los primeros diseños las balas, al ser disparadas, no seguían una trayectoria recta en el cañón, sino que iban rebotando en él, sí tuvieron la capacidad de hostigar y atemorizar a los contrarios enfrentados a los tercios, porque tenían un efecto de metralla que conseguía, al menos, dar al bulto que conformaba al hostil atacante en formación.

Un último punto a tocar, de mucha importancia con respecto a otros ejércitos de la época, provenía de los hombres que componían los tercios. Una buena parte de ellos eran nobles, segundones o hidalgos, que se podían tildar de baja alcurnia, sí, pero que tenían muy dentro de sí el orgullo heredado de la sangre que le corría por las venas, con un sentido del honor muy enraizado, que les abocaba a la búsqueda de la gloria en la guerra y, por ello, muy reacios a rendirse. Los mercenarios solían ser fieles a la primera paga que recibían, pero hay que recordar que las soldadas de los tercios se llegaron a demorar en más de treinta meses, por lo que no era descabellado pensar que pudieran cambiar de bando incluso en el transcurso de un combate, por lo que no eran fiables del todo. Las huestes del entorno del lugar de la batalla solían movilizarse, incluso por su propia cuenta, para defender el territorio en que moraban, tenían más voluntad que destreza porque carecían de preparación para el combate.

La diferencia de los soldados de los tercios con respecto a los segundos y los terceros era muy evidente por los motivos citados, lo que hacía que su competencia destacara por encima de las tropas de los ejércitos a los que se enfrentaban. La leyenda, su leyenda, en parte se forjó por esto.

Y no hablamos únicamente de sus componentes españoles nacidos en la península ibérica y los dos archipiélagos que componían la España primigenia, porque aunque en principio en los tercios solo podían enmarcarse soldados pertenecientes a esta, con el paso del tiempo, con la derogación de esa condición, los extranjeros a ella sumaban más de la mitad de las tropas e, incluso, a ser una pequeña minoría de uno o dos de diez, sobre todo en la Guerra de Flandes. A pesar de ser minoritarios, ellos eran considerador el sostén de la unidad durante la batalla, a cargo de las labores más difíciles y que más riesgos entrañaban, lo que significaba que también eran los mejor pagados, cuando eran retribuidos, algo que siempre ocurría con una demora que parecía institucionalizada por los reyes que nunca llegaron a bien regir España.

Augusto Ferrer-Dalmau: *Alférez de España*

Rex Hisp.

LE MIROIR
De la
Cruelle, & horrible
Tyrannie Eſpagnole per-
petree au Pays Bas, par le Tyran
Duc de ALBE, & aultres
Cõmandeurs de par le Roy
PHILIPPE le
deuxieſme.
On a adjoinct la deuxieſme par-
tie de les Tyrannies commiſes
aux Indes Occidentales par
les Eſpagnols.
Nouvellement exorné
avec taille douçe en cuyvre.

tot
AMSTERDAM
Ghedruckt by Ian Evertſz.
Cloppenburg, op 't Water
tegen over de Koor-Beurs
in 't vergulden Bybel.
1620.

Don Ian
Duc Dalve

Apología de los malos españoles en los Países Bajos

Desquicious: *Tercios Viejos*

II. El tercio viejo de Córcega

Frans Hogenberg: *Batalla de Heiligerlee*

El tercio donde sirvo es uno de los viejos, o uno de los nuevos de los viejos, el de Nápoles, que como muchos está repleto de nobles de opereta, que guardan más del abolengo familiar, de la casta que le viene al galgo, de la sangre azul clara que corre por sus venas, en su cabeza y las formas de comportarse que en sus ropajes, hambres y los ninguno lujos, a pesar de lo que se tratan de mercedes que son compañeros leales, que no tienen más aprecio a su vida que a la que combate en la batalla hombro con hombro con él

Yo, Gutierre Muñiz Blasco, digo que la sangre que corre por mis venas es simplemente roja, sin tonalidades azures, porque yo no soy barón, tan solo varón, que nació de familia humilde en un pueblo de La Mancha llamado Herencia, que al menos cuento con la honestidad de ser cristiano viejo, sin manchas de judeoconversos en ningún ascendiente de familia de antes de que los Reyes Católicos echaran a esos parias de tierras españolas, aunque tampoco pondría la mano en el corazón sobre que esas credenciales no hubiesen sido pagadas por mi padre, un hombre con más valor que valer, porque del cargo que le he otorgado con respecto a mí era más nominal que efectivo, porque él siempre prefirió la reunión con sus compañeros de tercio que con su familia y yo le vi muy pocas veces, menos de lo que yo precisaba para considerarlo como tal, sin importarle dejanos al albur del hambre y la miseria.

A pesar de ello, como las costumbres trascienden de un padre a un hijo, yo heredé de él el ansia del olor a muerte que sobrevuela los campos de batalla y, como él, en cuando pude hacerlo porque la edad me lo permitió antes, me alisté a uno de los tercios, el nuevo de Sagunto, para lo que tuve que viajar casi siempre a pie desde mi tierra natal, en Castilla la Nueva, hasta la dicha localidad, pasando hambre y también frío, porque en el camino desde La Macha muchos hablan del calor que lo asola durante el estío, pero pocos se acuerdan del frío que cruje los huesos cuando era invierno.

El orgullo de mi padre ante la decisión de alistarme creo que es el único que tuvo de mí durante toda la vida hacia mí. Porque yo no fui el hijo primogénito de su descendencia, ni tampoco el segundo ni el tercero, sino el séptimo, intercalado con el nacimiento de varias hembras, porque según parecía cada vez que mi padre regresaba de una guerra ponía una pica en Flandes, por lo que para él era un completo desconocido que tenía su apellido, pero que no le importaba lo más mínimo.

Por eso, esa jactancia hacia mi persona la aprovechó para pasar casi un día entero conmigo, cosa que jamás había hecho en su vida, que aprovechó para tomar abundantes vinos, vociferar sus hazañas en una de las tabernas de Herencia, nuestro pueblo, reñir con algún parroquiano que osó contravenirle y contarme una de las hazañas de su tercio, el de Córcega, de la que sacó pecho a pesar de que supuso la desmovilización del dicho tercio, una cuestión que nunca llegó a entender porque él siempre consideró que la tropa no había hecho otra cosa que cumplir con el cometido para el que había sido creado, matar a los adversarios a España, Dios y el rey.

—El tercio de Cerdeña era un tercio viejo, porque fue de los primeros creados por el rey Carlos, que combatió en las campañas italianas y también contra el turco —empezó contando mi padre, que siempre se desenvolvió en su relato entre voces, llamadas de atención, hipidos, tragos de vino peleón, requerimientos para ser atenido por el mesonero, rifirrafes con otros parroquianos y paseos frecuentes a hacer aguas menores en el corral—. Yo entré a formar parte de él siendo un niño, porque aunque no admitían a hombres menores de dieciocho años en ellos, yo mentí sobre mi edad y como no se pedía la partida de bautismo, dice que tenía tantos cuando aún no había cumplido los dieciséis.

«Yo hice algo de lo propio, aunque estos últimos años sí que los tenía ya», pensé mientras me contaba esto, porque en ese momento, para no mentirme a mí mismo, diré que no le hacía mucho caso.

Padre era un hombre de edad anciana. Los hechos que me iba a contar habían transcurrido en el año 1568, lo que suponía que según lo que acababa de decirme había nacido en el cincuenta y uno o cincuenta y dos, y está conversación la manteníamos cuando yo me alisté al tercio. Teniendo en cuenta que él tenía cuarenta y siete años cuando me parió mi madre y yo era aún un soldado novato que no llevaba más de unos pocos meses en el oficio de guerrear, estábamos en el año del Señor de 1614 y que él, por lo tanto, contaba con sesenta y tres. Llevaba sin servir en los tercios más de ocho, porque aunque había intentado hacer lo mismo que cuando se apuntó en ellos, pero al revés, diciendo que tenía menos edad de la que realmente cargaba sobre sus espaldas, pero aunque coló un par de veces, dejó de hacerlo cuando la decrepitez de su figura más que evidente era una maca, lo que suponía que más que un soldado hubiese sido un estorbo.

El Tercio de Cerdeña, la primavera anterior a su marcha a Flandes, fue contado para hacer muestra y se dio que contaba con mil setecientos veintiocho hombres, distribuidos en diez compañías. Al ser llevados a Flandes, fueron acantonados en Enghein, en la Valonia, un pequeño pueblo situado a poco más de siete leguas de Bruselas[1].

[1] Unos cuarenta kilómetros.

—Durante los primeros meses de destino allí nos encomendaron labores de policía, mientras el duque de Alba emprendía la persecución de los cabecillas de las revueltas contra el rey que acababan de estallar —siguió contando Padre, al que me costaba asociar, viéndolo tan viejo, que fuera un infante en aquel momento de poco más de dieciséis años—. Se puede decir que estuvimos tocándonos la verga durante ese tiempo, porque aunque algún cuello sí tuvimos que cortar, enemigos serios no tuvimos ninguno.

Al fin, el maestre de campo al mando del tercio, Gonzalo de Bracamonte, recibió la orden que toda la tropa esperaba y movilizó al tercio. Era el mes de abril de 1568 y la Guerra de Flandes había estallado. La revuelta se había tornado en una rebelión que duraría ochenta años. La población autóctona era católica como la española, la de los Países Bajos, por el contrario, había optado por acogerse a la reforma de ese hideputa de Calvino, pero la agitación ya había trascendido de ser un mero asunto religioso, los levantiscos buscaban la independencia mediante la creación de sus propias monarquías.

—Un hermano de Guillermo de Orange, el dirigente rebelde, un tal Luis —prosiguió Padre—, atravesó la frontera de Alemania con nuestro dominio con una partida de doce mil soldados y se internó en una región de allí que se llama Frisia, mientras que el conde de Hoogstraaten, una rata del que no nunca había oído hablar hasta ese momento, se dirigió con otros tres mil hombres hacia la ciudad de Maastricht, donde esperaban que su población se les uniera, algo que no ocurrió.

El tercio se dirigió a la localidad de Boxmeer, situada al norte de la región de Brabante y al sur del burgo de Nimega. Al acercarse los de mi padre, los rebeldes huyeron más al norte aún, a un pueblo llamado Grave, que tomaron sin resistencia.

—La batalla de verdad tuvo lugar en un sitio llamado Dalen, en la que luchamos codo con codo con el Tercio de Lombardía —Padre estaba henchido de orgullo. Su mirada vidriosa abandonó por un momento el sórdido escenario de la taberna de Herencia y se trasladó a la vivencia de aquel combate entre la bruma—. Ganamos, por supuesto, y además cogimos prisionero a ese hijo de mala madre de Hoogstraaten, por lo que el duque de Alba y los maestres de campo supusieron que la revuelta había terminado.

Nada más lejos de la realidad. El otro malnacido que le acompañaba en su rebelión, Luis de Nassau, conquistó el castillo de Wedde y amenazó la provincia de Groningen. El tercio de Cerdeña fue enviado a recuperar el bastión junto con cinco unidades de mercenarios alemanes y las tropas al mando del conde de Mega, que sumaban siete compañías más, cuatro de infantería y tres de caballería ligera, compuestas por españoles, italianos y albaneses, que no sabía yo ni donde caía este país hasta que me lo explicaron.

—Los arcabuceros fueron los primeros en entrar en combate —continuó mi padre tras volver de su última visita al corral, del que regresó alardeando de que ahora no eran las menores aguas las que había dejado, sino de las otras, de las mayores—. Perdona, hijo —me llamaba así y a veces me preguntaba si era porque no se acordaba de mi nombre, que tan pocas veces le oí pronunciar—. Las salvas se dieron en los alrededores de un sitio del que ni tan siquiera recuerdo el nombre —Appigendam se llamaba—, en donde teníamos la posición tomada. Pero en las guerras no hay ningún enemigo que sea un zurcefrenillos[2] y los hideputas que se habían sublevado se dieron cuenta de esa desventaja y buscaron una situación más propicia para ellos.

Mejor conocedores del terreno en donde se desenvolvía la lucha, marcharon hacia el sur, hacia las inmedia-

[2] Término de la época para persona poco inteligente. Tonto, imbécil, estúpido, insensato, etcétera, son sinónimos suyos.

ciones del lugar que ocupaba la abadía de Heiligerlee, de ese nombre no se olvidó, un sitio mucho mejor para entablar batalla con posibilidades de éxito que donde estaban.

—La puta iglesia esa estaba en un alto, con muros que la defendían y fosos y barrizales alrededor. —Padre aún parecía lúcido a pesar de la decena de vinos que ya se había metido al coleto—. Cuando los localizamos en su punto de origen, la tropa no dejaba de murmuras protestas, porque una vez localizado el enemigo, no acababa de entender el porqué no se le atacaba.

Aramberg, el maestre de la tropa alemana, al ver que los rebeldes se desplazaban, consideró que había perdido una oportunidad única de acabar con los rebeldes, puesto que se le había ordenado no atacarlos hasta la llegada de las huestes del conde de Mega. Se contagió de la inquietud de la tropa y decidió que el tercio persiguiera a los hombres de Nassau de inmediato, cuando los del conde de Mega aún no habían llegado. El enemigo le condujo a una trampa, como era de prever, y el resultado de la Batalla de Heiligerlee fue una catástrofe para los nuestros. Dicen que las tropas del Tercio de Córcega perdieron en la lid a la mitad de sus soldados, mientras que de nuestros rivales solo murió uno y porque se cayó del caballo.

—Una burda mentira, te lo puedo asegurar. Perdimos, pero de más de un enemigo sí que dimos cuenta —aseveró Padre, ceñudo.

—¿Y Aramberg y los alemanes?

—No entraron en combate. El conde permaneció con los hombres que comandaba dirigiendo la batalla desde la distancia, nunca participó en la lucha, viendo con total pasividad la masacre que se estaba produciendo con las tropas del tercio.

—¿Por qué Aramberg no quiso luchar?

—Él estaba para otras cosas, según el criterio de un puto noble que considera que la guerra es solo un medio para alcanzar la gloria. —Dio un puñetazo en la mesa, que se quejó con un lamento grave—. El conde fue directo a matar a Adolfo de Nassau, el hermano de Luis y, por ende, también de Guillermo, que estaba al frente de la caballería rebelde. Pero se acercó mucho al enemigo y fue herido por un disparo de arcabuz, no mortal, por lo que quiso huir de allí a caballo, pero se cayó de él y fue acuchillado en el cuello por uno de los hideputas que se enfrentaban a nosotros.

Tras la muerte de Aramberg, los teutones se rindieron sin haber intervenido en la lucha. Para convencer al enemigo, juraron que no combatirían a nuestro favor durante los próximos seis meses.

—La primera batalla de esta puta Guerra de Flandes fue una victoria sin paliativos para los cabrones que se habían sublevado contra su rey —languideció Padre—. Podemos echarle la culpa a la desobediencia de Aramberg a la orden del duque de Alba de presentar batalla con todos los efectivos presentes, a que los alemanes se estuvieron tocando los huevos mientras veían cómo los nuestros eran masacrados y decidieron sobre la marcha mantenerse neutrales durante medio año, pero lo cierto que algo de culpa también la tuvimos nosotros, los gloriosos componentes del Tercio de Cerdeña, que minusvaloramos al enemigo y nos condujo a una trampa. El ataque de los nuestros no tuvo ningún orden ni concierto, y algo parecido ocurrió cuando tuvimos que emprender la huida.

Los que contaron la batalla después dijeron que entre cuatrocientos y quinientos de nuestros compañeros murieron en Heiligerlee. Los enemigos los persiguieron en la retirada y mataron sin piedad, incluso a los que se habían rendido, ya fuera en el propio campo de batalla o, una vez apresados, arcabuceados atados a palos o sometidos a crueles tormentos. Los soldados de los tercios que buscaron refugio entre los habitantes de Heiligerlee fueron asesinados sin piedad por sus vecinos, que en vez de acogerlos como amigos los mataron como a enemigos.

—De los mil setecientos y pico hombres censados por las autoridades un año antes —Padre parecía estar viviendo los hechos del combate como si se estuvieran produciendo en ese instante—, unos mil conseguimos salvar la vida porque en el momento de la huida llegaron hasta nosotros el conde de Mega y las compañías que comandaba, que hicieron frente al enemigo hasta hacerlos retroceder hasta la seguridad de sus propias líneas.

Después de aquello, Mega refugió a su ejército en la ciudad de Groningen, que tenía como guarnición a cuatro compañías de alemanes.

—La tensión entre nosotros y los teutones de guardia allí fue mucha, porque no podíamos quitarnos de la cabeza la traición llevada a cabo por sus compatriotas el día anterior. —Se relamió los labios, no cabía duda de que le hubiese gustado ver correr la sangre de sus aliados en el momento que se encontraron él y sus compañeros con los tudescos—, hasta que intervino en la riña el coronel Schamburg, al mando de los alemanes, que garantizó la fidelidad de los suyos al rey Felipe, el segundo, y a quien demostrara la menor vacilación en ello, sería ejecutado en el momento.

Luis de Nassau cercó Groningen, seguro de que los moradores de la misma se pondrían de su lado, pero como no ocurrió así, dio tiempo al duque de Alba a aproximarse a la ciudad y romper el cerco con la ayuda de una salida del Tercio de Cerdeña. La lid, esta vez, se decantó del bando justo, que no era otro más que el nuestro, lo que hizo que las tornas se cambiaran y que los perseguidos en su huida fueran los hombres de Nassau y no los nuestros.

—Todo ello desembocó en la llamada Batalla de Jemmingen, librada prácticamente dos meses después de la primera, en la que el tercio y las tropas aliadas al mismo consiguieron desbaratar el ejército de Luis de Nassau.

—Entonces, llegó el tiempo de la venganza.

—Un placer indescriptible, comparable al mejor fornicio que haya tenido yo jamás —que él estuviera casado con mi madre le importaba una higa para dar a entender que no era con ella con la única mujer que había yacido—. El tercio viejo, insisto en este término, de Cerdeña, tras toda esta, ¿cómo se dice?, ah, sí, epopeya, se habría de establecer en la parte central de los Países Bajos, para lo que tuvimos que pasar por Heiligerlee, de la que no podíamos pasar por alto por la forma canalla y asesina con la que la población había tratado a los nuestros tan poco tiempo antes. Las buenas gentes dicen que fueron tan solo algunos de los soldados del Tercio los que decidieron tomar venganza contra toda esa canalla, pero lo cierto es que fuimos muchos, casi todos diría yo.

Los españoles que habían visto a sus compañeros que habían entregado las armas ser matados sin piedad, entraron a saco en la aldea. Prendimos fuego a un buen número de las casas de aquellos traidores, fueran culpables, sospechosos o ni tan siquiera eso, de la masacre cruel del mes de mayo, y una buena parte de ellos fueron matados con arma blanca, para no desperdiciar municiones.

El duque de Alba no consintió el saco de Heiligerlee, e incluso dirigió dos cartas al rey, que le contestó que hiciera lo que pareciera adecuado.

—El tercio estuvo a punto de sublevarse porque alguno de los nuestros fueron ejecutados por aquel suceso, entre ellos parte de nuestros capitanes que no hicieron nada por impedirlo, penas que el duque de Alba tuvo que suspender porque no tardó en darse cuenta de que el tercio entero estaba implicado en él.

La solución que se le ocurrió entonces al duque fue disolver el tercio de Cerdeña, cuyos componentes fueron distribuidos entre los otros existentes y quedaron cesantes los cargos de maestre de campo y de los capitanes, que ya no tenían tercio que mandar.

El castigo parecía un tanto inocuo, más que nada porque el resto de oficiales, suboficiales, cabos y soldados siguieron ejerciendo como tales en otra unidad, sino fuera por el honor, ese sentimiento tan arraigado entre los miembros de los tercios, porque sí tuvieron de soportar la vergüenza de que los capitanes cortaran las bandas que los distinguían como tales, los alféreces romper los mástiles de sus enseñas y banderas que, posteriormente fueron quemadas, y los sargentos sus partesanas o alabardas.

—Hombres bragados y curtidos —concluyó Padre—, lloraban por la congoja y la vergüenza que la escena les producía.

El maestre de campo, Gonzalo de Bracamonte y su hermano Pedro fueron eximidos de toda culpa, como era de prever, y ya en una de sus cartas Alba expresaba al rey Felipe, el segundo, que quería mantenerlos cerca de él. Gonzalo fue nombrado maestre de campo del recién creado Tercio de Flandes, con lo que consiguió salvar de esa forma su reputación y de esa forma mostrar ante los ojos de los demás que el duque no le consideraba culpable de nada de lo ocurrido.

Grabado en el que el Duque de Alba se come un niño

MILAGROSA IMAGEN. SANTUARIO

III. En otro lugar de La Mancha

Grabado de Honoré Daumier

Nací, como ya dije, cuarentaisiete años después de mi padre, en Castilla, la Nueva, en lo más profundo de ella, en la que muchos denominan La Mancha Central, en un pueblo llamado Herencia, situado a medio camino entre Puerto Lapiche o Puerto Lápice, citado de una forma u otra dependiendo de quién lo nombre, cuyo término atraviesa el camino que une Madrid con Andalucía, y Alcázar de San

Juan, ciudad importante en tierra de nadie, dicho esto porque no tiene puerto de mar, del que está muy alejada, ni lo atraviesa una carretera fundamental, ni tampoco tiene más molinos ni vides que otras localidades cercanas, pero que tiene muchos más vecinos que cualquiera de todas ellas. Pero las cosas no se daban porque sí, y la pujanza que le arrostró fue por una decisión del rey que fue el primer Carlos que tuvo España, emperador además del Sacro Imperio Romano Germánico, que decidió hará más de cincuenta años dividir en dos el Gran Priorato de Castilla y León, conformado por la Orden Militar de los Hospitalarios de San Juan, establecida en La Mancha tras su expulsión de Tierra Santa hace ya muchos siglos[3]. Uno fue el de Castilla, con sede en otro burgo principal, Consuegra, que hasta entonces había sido la cabecera del priorato que era uno solo, y el de León, establecido en la dicha Alcázar, lo que permitió su auge, la instalación en su término de la fábrica de pólvora y una universidad franciscana, con al menos seis cátedras.

Las ausencias de mi padre, que tal vez podría definir mejor con otra frase, la no presencia de mi padre a excepción de cuando venía a fornicar con su esposa y dejarla

[3] El año en concreto, 1189.

preñada, hizo que toda mi infancia estuviera asociada a la palabra hambre, la que no dejé de pasar ni un solo día de mi vida, a excepción de cuando iba con mi abuelo a pescar, casi siempre al río Cigüela, que atraviesa el sur de su término.

La carpanta no era cosa solo de mí, sino de toda la familia, mi madre y mis siete hermanos vivos, porque hubo otros que se quedaron en intento o fueron paridos muertos o que estuvieron a punto de entrar en el limbo si no se les hubiera bautizado a toda prisa antes de que exhalaran su último día, porque algunos de ellos vivieron tan solo horas o unos pocos días a lo sumo. Que tuviera siete hermanos significa que a pesar de la tardía edad conque me concibió Padre, aún tuvo tiempo de hacer un hijo más que salió adelante, dos años menor que yo, al que de forma alegórica Madre decidió llamarle Benjamín, para que Padre se diera por aludido por el así llamado en la Biblia, el noveno de los vástagos del desmesurado Jacob, que debió ser el último de su estirpe, aunque en realidad, me explicó un capellán, que no fue así, porque aunque Lea, su primera esposa, le dio siete, la segunda, Raquel, tuvo dos, entre ellos el citado Benjamín, la tercera, Zilpa, otro par, y, por fin, Bilha, dos más, lo que significa que al que todos consideran último vástago del profeta, vinieron al mundo cuatro más.

Dicen los del pueblo que mi bisabuela, a la que no conocí nada más que de holas y adioses, tenía cuartos de sobra, aunque no fuera una potentada como otras personas de Herencia, pero que tuvo la desgracia de tener un hijo vago, Carlos le llamó, que a pesar de ser un excelente zapatero remendón con fama en todo el Campo de San Juan, prefería dedicar más tiempo a mirar las musarañas que a tomar la aguja, el hilo y el cuero para ejercer su oficio, por lo que a su descendencia la llevó a la indigencia, que contagió a Padre y mis hermanos, sus hijos.

Padre salió de un carácter parecido a él, y aunque hizo que hacía que trabajaba desde que no levantaba más de un palmo del suelo, en realidad era un experto en el escaqueo, por lo que pronto nadie le quiso en sus cuadrillas.

Padre era atractivo para cualquier dama, sea cual fuera su condición, pero puso sus ojos en Madre, que no quiso saber nada de él al principio por su mala fama, hasta que supo que se había alistado en los tercios, y aunque eso significara que pudiera ser muerto en cualquier batalla, lo cierto es que, al menos, le garantizaba un jornal más o menos estable con el que podría mantenerla a ella y a la familia que Dios le diera.

Lo cierto que los dineros que ganaba en las guerras, mi buen padre se lo guardaba para él y a Herencia solo llegaban las migajas que de muy de tarde en vez se dignaba remitirnos, por lo que las pasamos tan putas como él antes de su alistamiento, para enojo de Madre, que era tan estúpida que aunque siempre decía que no quería volverlo a ver cuando volviera de sus lides, la verdad es que al verlo aparecer en el pueblo al regreso de sus hazañas bélicas, siempre lo perdonaba. Cuando se marchaba de nuevo al combate, todo volvía a ser igual que antes, sin perras que llegaran desde donde estuviera destinado, normalmente en Italia o Flandes, y con Madre encinta de un nuevo hijo suyo.

No sé a qué edad dice mi padre que empezó a trabajar, yo lo hice con ocho años, siempre como peón en el campo o aprendiz de cualquier oficio. Pronto me di cuenta de que esa no era la vida que quería para mí y por eso me alisté, mintiendo en la edad, cuando cumplí los dieciséis años en el tercio de Sagunto.

Yo no me casé porque una cosa era seguir los pasos de Padre para no conocer tan solo la miseria, que como coselete también la he vivido, y otra matar a una familia de hambre como él hizo con la mía.

Del colegio del pueblo, y de cualquier otro, como es de suponer, solo vi la fachada, porque dentro no estuve nunca. Después de todo, leer y escribir no era tan importante y sabía distinguir los números desde muy pequeño.

Hasta que un día estando con mis compañeros en Nápoles, uno de ellos me habló de un libro que a todo el mundo que lo había leído le pareció muy entretenido.

—¿De qué va? —le pregunté al compañero que me lo había citado, Anselmo Fuentes Perea, que en realidad era un subordinado mío, puesto que él se había mantenido desde su alistamiento como coselete y yo acababa de ser ascendido a sargento.

—Sería un libro de caballerías más —contestó él—, si no fuera porque el protagonista de la historia se trataba de un caballero loco, que ve lances donde no los hay y que confunde a personas simples con atroces enemigos, y a los molinos con gigantes.

—¿Y los ataca?

—¡Vaya si los ataca!

—Lo que cuentas de él suena de interés.

—Además, a ti que eres manchego, te puede agradar más aún.

—¿Y eso por qué?

—Las andanzas del caballero loco se dan mayormente en esa parte de España.

—Tienes razón, has encendido mi curiosidad aún más. ¿Dice por dónde transcurre?

—En parte, sí, aunque el cabrón del autor, llamado Miguel de Cervantes, empieza la novela sin mencionar de dónde parte el hidalgo, porque el caballero es lo que es, diciendo algo así como que es un lugar de cuyo nombre no quiere acordarse.

—¿Tú podrías contarme las aventuras de ese caballero?

—¿No sería mejor que leyeras el libro?

—No todos los soldados del tercio sabemos leer.

—¿Tú eres uno de esos soldados?

—Sí, y no me avergüenzo de serlo.

—Vergüenza no sé si sentirás, pero te aseguro que sí te quedarás con las ganas de conocer las aventuras de ese hidalgo que es paisano tuyo.

—¡No puedes hacerme eso!

—Sí, puedo y quiero. Aprende a leer, Gutierre, y podrás recrearte en las páginas no solo del libro que te he mencionado, sino de otros muchos que cuentan historias de otra índole, que te sacarán de la rutina de la milicia en que estamos inmersos cuando no estamos combatiendo.

El compañero se iba a alejar de mí para ocuparse de otros entretenimientos o alguna tarea pendiente relacionada con el tercio, yo le detuvo asiéndole del brazo.

—No me has dicho cómo se llama el libro —le dije.

—*El ingenioso hidalgo Don Quijote de La Mancha* —respondió él—. No es difícil de encontrar, ha adquirido tanto renombre que circulan abundantes copias piratas del mismo por todos los sitios.

Lo cierto es que no me resultó tan difícil como pensaba que era aprender a leer, un poco más complicado fue ponerme a escribir. Ya puesto, no tardé en saber que dos más dos eran cuatro, que cuatro menos dos eran dos, y me volví en pocos meses en un hombre mínimamente ilustrado.

El ingenioso hidalgo don Quijote de La Mancha lo leí, como también hice con su segunda parte. Yo no era un bicho raro que pudiera llevarme a ser muy diferente de las demás personas que me rodeaban, de tal forma que puedo decir que ambas novelas me placieron mucho.

Me aficioné a los libros de caballerías, un poco menos a los pastoriles, aunque me gustaba su talante heroico.

Las novelas pastoriles eran las que menos me gustaban, porque los amores que parecen posibles que se trucan en imposibles para luego llevarse a cabo, me parecían que en parte tenían algo de bufonesco.

Los quatro libros del Vir
tuoso cauallero Amadis
de Gaula: Complidos.

José María Galván y Candela: *Don Tiburcio de Redín*

Autor: Enrique Estevan y Vicente

IV. El peculiar maestre de campo

No había mayor festín para don Tiburcio
que hallarse en una refriega de cuchilladas

Juan de la Corte: *Galeón español bajo ataque* (siglo XVII)

Los hechos en los tercios no eran una batalla constante, había momentos de tregua en los que la convivencia entre la tropa era un importante aporte al compañerismo que existía entre los soldados que los componían, que muchas veces nos agrupábamos en pequeñas camaradas de cinco o seis hombres, a veces hasta incluso de diez, casi nunca más.

El tiempo de convivencia nos permitía ver el comportamiento de alguno de nuestros compañeros, siempre dictados contra la norma general de lo que éramos cada uno de nosotros de forma individual, o la *escuchanza* de algunos de las peripecias de alguno de esos hombres.

Un nombre que corría como un mito, tanto para lo bueno como para lo malo, era el de Tiburcio de Redín, un capacete que debió empezar como yo lo hice en la milicia, que por el renombre que adquirió en las muchas campañas que participó a lo largo y ancho del imperio llegó a ser ascendido a mariscal de campo.

Un mal ejemplo para todos nosotros el que pudiera llegar a tan alto cargo un hombre de haceres turbulentos, de espada y vizcaína fáciles de desenvainar, piquero y arcabucero durante su vida como parte de la tropa del tercio. De poco servían los adjetivos que acompañaron a su nombramiento, cuando se le tildó de ser un hombre de calidad, valor y plática y experiencia en las cosas de la guerra.

Nacido un año antes que yo, 1597 él por 1598 yo, tan rápida escalada hasta maestre de campo se debió no solo por sus actitudes y aptitudes, porque en su contra tenía tantas cosas como a su favor, sino a la sangre que le corría por las venas.

No voy a faltar a la verdad para negar que los ascensos de los soldados alistados en los tercios se otorgaban a veces por la capacidad y méritos de cada cual, pero lo que preponderaba para obtenerlos era la antigüedad y la cuna. Un capacete tenía que esperar al menos un lustro para ser promocionado de soldado a cabo, uno más para ser sargento, otros dos para promocionar a alférez y esperar un trienal para llegar a capitán de los que no eran nombrados por el rey, por supuesto. Había muchos de los nuestros que nunca pretendieron dejar de ser soldados, porque la paga de un cabo o un sargento no era mucho mayor que la de que recibían ellos y se evitaban asumir otras responsabilidades que no fueran las de acuchillar, disparar o matar de otra forma, por lo que se conformaban los piqueros con los tres escudos que recibían de soldada al mes, los coseletes y los arcabuceros con sus cuatro y los mosqueteros con los seis que le correspondían por su oficio.

Además, como los dineros se pagaban más veces con impuntualidades que a su debido tiempo, hasta que la Virgen se les aparecía a los tesoreros de su majestad y decidían mandar los cuartos, o por los motines de los propios tercios para provocar el pago, algo que no siempre se conseguía en este segundo supuesto, la tropa se las apañaba comiendo a costa de la población que defendía, llegando incluso al robo, o si la ocasión lo requería, procediendo al saqueo de poblaciones enteras.

El ahora mariscal de campo, puesto que no sé si lo he dicho aún pero esta narración está escrita por mi persona en su mayor parte en los días finales del año de nuestro Señor de 1634, provenía de una larga estirpe de hombres de armas, por lo que no era un cualquiera. Su padre, que ostentaba el título de barón de Bigüezal, lo que ya significaba por sí mismo que don Tiburcio era algo más que un simple hijodalgo que no tenía donde caerse muerto, participó en la Batalla de Lepanto.

Aquella no era la única muestra del abolengo de su familia. Uno de sus hermanos llegó a ser virrey de Sicilia y gran maestre de la Orden de Malta.

—Algún mérito debe tener el señor Redín —opuso otro de mis compañeros más allegados, un cabo llamado Doménico Ricci, un italiano de Sicilia—, porque siendo muy joven, no sé a ciencia cierta si tenía ya los veinte años, fue ascendido a alférez por los cojones que le echó en la Batalla de Varcelli.

—Yo también estuve en ese lance, Doménico, y también le puse huevos —repliqué yo, enojado más de la cuenta sin venir a cuenta—, y a mí no se me ascendió desde ser un simple soldado a alférez, que estoy seguro que sabes, italiano, que es lo mismo de estar con la chusma a codearse con los capitanes y el mismísimo maestre de campo.

—¿Tampoco fue justo que poco después se le otorgara el cargo de capitán de mar y guerra para servir en las Indias? —habló ahora Blas Gómez García, sargento como yo.

—No poned en mi boca palabras que yo no he dicho —me quejé con brío—. Nadie discute los méritos de Redín en el campo de batalla, ni sus dotes como estratega, que ya quisiera yo para mí, pero tampoco podéis negarme que venir de la familia que viene le ha ayudado.

Redín nunca pasaba desapercibido, ni en la paz ni en la guerra, por sus formas de matasiete, sus mostachos, más que simples bigotes, en forma de garfio, por su carácter insolente, incluso con sus superiores, y creo que así lo seria incluso ante el rey mismo, y pendenciero incluso con quién le podía hacer frente con sus armas y con quiénes no.

Las tribulaciones de don Tiburcio cuando no estaba guerreando fueron tantas y de tal amplitud de formas, que fue una constante en su vida ser un prófugo de la justicia.

A partir de ese momento, mis compañeros y yo recordamos casi por turno varios de sus embelecos.

—Una vez, según se cuenta —dijo Anselmo, añadiendo el precavido «según se cuenta» porque nunca fue una persona que confiara mucho en sí mismo. En realidad, ninguno de los presentes en esa charla había sido testigo de las tropelías que se contaban sobre él, por lo que la aclaración sobraba—, se encontró con un barullo de carruajes que le impedían el paso en una de las calles de Madrid, y tuvo la ocurrencia de continuar camino sin retrasos saltando de uno a otro de ellos mientras golpeaba a los cocheros y las acémilas que le vinieron en gana.

—Tuvo los santos cojones —habló ahora el italiano—, de arremeter contra el mismo valido del rey Felipe, el cuarto, el conde duque de Olivares, durante una visita que realizó al que más manda en el imperio a las obras del palacio del Buen Retiro. —Miró en rededor suyo, como si temiera que alguien le escuchara—. En la diestra tenía desenfundado hierro y lo que pretendía del Conde Duque era que escuchara las ofensas que, según su parecer, había sufrido.

—Un agravio que yo considero imperdonable como soldado del tercio que soy —intervino en ese momento el coselete Rafael Robinson Puente, un hombre que sentía más a España que a Dios, por eso que era mezcla de irlandés y española y no quería que la ignorancia de los que le rodeaban les hicieren suponer que ser hibernés conllevaba ser hereje, cuando no había pueblo más católico en el mundo que este—, fue cuando acuchilló a un soldado de su unidad, que además arrojó al mar y persiguió entre el oleaje por el terrible pecado de haberle despertado de una siesta.

—No me creería lo que voy a contar ahora —me tocó hablar ahora a mí—, si no fuera porque sé de buena tinta que es cierto que asaltó al valido. Redín usó una de sus artimañas, no se sabe lo que pudo contar para convencerlo, para que el más alto mando de la flota establecida en Cádiz le cediera cuatro naos bien armadas para realizar un cometido tan urgente como peligroso. Con la flotilla prestada navegó el río Guadalquivir curso arriba, creo que desde Cádiz no podría ser de otra forma, y se apostó a la ribera de un barrio de una mujer casada con la que había mantenido un romance. Desde su posición amenazó con reducir el lugar a cenizas, hasta que fue hasta donde él se encontraba uno de los ediles sevillanos que ejercían en la ciudad, que le convenció para que desistiera en su actitud.

Un silencio prudente se cernió sobre el grupo de reunidos para hablar de las andanzas del mariscal de campo, entre otras cosas. Por fin, el otro sargento, Blas Gómez, siempre más pendiente de los hechos militares de lo que podía ocurrir fuera del tercio, contó la última anécdota sobre él.

—Tiburcio de Redín, en lo que de verdad me interesa a mí, a pesar de estar loco como una cabra —dijo—, es que era un patriota. Estando en las Indias, le llegó la noticia de que un pirata holandés estaba esperando que embarcara desde el puerto donde se encontraba hacia España. Al estar sobre aviso, ordenó que su barco fuera cargado con piedras, para así dar la apariencia de que la bodega de su nao iba cargada de mercancías y oro. Antes de partir, ordenó inutilizar los cañones del buque y partió al encuentro de los bucaneros herejes. No tardó en ser abordado por estos, al que los nuestros pidieron cuartel con el argumento de que su capitán estaba enfermo. La marinería debía de haber visto muchas obras del ilustre comediante Lope de Vega, el príncipe de los ingenios, porque todos ellos representaron como buenos histriones que estaban muy asustados. El capitán holandés se tragó el anzuelo, tomó el barco español, accedió a él y se encaminó al camarote de don Tiburcio, que lo recibió con un tiro que le hirió de gravedad o le mató, aquí las versiones discrepan. El disparo también sirvió como señal para que los nuestros abordaran el navío hereje. La reacción de los piratas fue la que era de prever, e intentaron utilizar la artillería de nuestro bajel para disparar contra el suyo propio, cosa que no pudieron hacer porque los cañones estaban inservibles de antemano, como ya he dicho. Viendo los filibusteros que habían caído en una trampa, depusieron las armas y se rindieron. Una victoria más debida a la perspicacia de don Tiburcio que a una superioridad numérica o de armas por parte de los nuestros. Un amor a España que estaba por encima de las circunstancias particulares que el señor Redín pasaba en ese momento, puesto que él volvía a nuestro país como arrestado, no sé por qué circunstancias, de acuerdo a una orden dictada por la Real Audiencia de Santo Domingo.

Giorgio Vasari: *La batalla de Lepanto* (1571-1572)

L'Ingénieux Hidalgo Don Quichotte de la Manche, traduction Viardot, 1836 (Diego de Pasamonte, galeote)

V. Otros hombres de los tercios

«la más alta ocasión que vieron los siglos pasados,
los presentes, ni esperan ver los venideros»

Mariano de la Roca y Delgado:
Miguel de Cervantes imaginando El Quijote (1858)

Don Tiburcio de Redín no era el único caso que vinculaba el ser soldado de un tercio con ser un buscavidas o un aventurero. Durante los años que he servido en los tercios me he encontrado diversos azares de comunión entre lo uno y lo otro dentro de la tropa, pero al tratarse de gañanes anónimos, no han pasado a la historia, y yo he preferido no narrar ninguna de esas vidas porque seguro que muchos dirían que son producto de mi imaginación, porque, ¡hay, señores!, ocurre tantas veces que la realidad supera a lo que nos cuentan en los libros que parecerían hechos irreales.

Por fortuna, yo viví un tiempo de muchas letras de calidad, por lo que muy posiblemente por ello, contagiados algunos de mis compañeros de otros tercios por ese fulgor literario, se dedicaron a narrar sus vidas, tanto de las partes referidas a las hazañas militares en las que habían participado como a sus veces descabelladas cuitas personales allende de la milicia. De esos hablaré, tanto de lo oído por lo leído, haciendo la advertencia de que lo fantástico puede cubrir poco o mucho la verdad de lo ocurrido, y que yo me creo a medias.

La salvedad a mis reconcomios vienen con respecto a Miguel de Cervantes, que yo creo que nunca hizo alarde de su vida azarosa, que la tuvo y mucha, y de la que sé que es verdad en su mayor parte, sino toda, como así lo era la existencia del prójimo que no se conformaba con ser un mero siervo de un señor que lo tenía todo, mientras él estaba abocado a la miseria.

La carrera militar de Cervantes, muy probablemente, no fue vocacional, puesto que su nombre aparece en una providencia de 1569 emitida por el entonces rey, el segundo Felipe, en donde se ordena su detención, acusado de herir durante el transcurso de un duelo a un tal Antonio Sigura, motivo por el que muy probablemente se fue a vivir a Italia.

Ya fuera porque le gustó el país o porque no pudiera volver a España, lo cierto es que se encontró muy a gusto allí, donde las artes habían abandonado las reglas establecidas durante el medievo y llevaban más de un siglo impregnadas de un renacimiento creativo que mostraba un nuevo futuro estético brillante.

Una vez en Italia, entró al servicio como camarero de Giulio Acquaviva, al que había conocido en Madrid cuando acudió como representante del papa para dar el pésame a nuestro rey tras la muerte del príncipe Carlos, y que actuó como su mentor en aquella tierra desconocida para él, que tuvo la oportunidad de conocer muy bien porque el eclesiástico le llevó de periplo por varias ciudades del país, tanto del Milanesado como de la república de Venecia o el reino de Nápoles y Sicilia.

Tras ejercer ese oficio durante el tiempo de un año entre 1569 y 1570, se alistó como soldado en la compañía del capitán Diego de Urbina, integrada en el tercio de Miguel de Moncada. A su servicio participó en la Batalla de Lepanto, que dicen que libró enfermo de fiebres, donde fue herido en el brazo izquierdo, que aunque no perdió a la vista de los demás, sí en lo concerniente a su uso, al serle amputado un nervio trascendental por la herida de metralla enemiga, de lo que le resultó el alias de Manco de Lepanto.

Valerse de una sola mano no le impidió seguir siendo soldado de tercio, y participó en las batallas de Navarino Corfú, Bizerta y Túnez, siempre embarcado, bajo el mando del capitán Manuel Ponce de León, integrado en el tercio de Lope de Figueroa hasta que se estableció en tierra firme, aún en Italia, donde repitió parecidos peregrinajes a los que realizó con Acquaviva, pues que se sepa estuvo en Sicilia, Cerdeña, Génova y Lombardía. Por fin, quedó establecido en Nápoles, donde vivió dos años, hasta que decidió finalmente regresar a España

Las cartas de recomendación que llevaba de don Juan de Austria y del duque de Sessa le hicieron suponer con toda lógica que ya no sería apresado una vez pusiera el pie allí, pero la cuestión es que tampoco tuvo ocasión de hollar la patria porque ya prácticamente a vista de puerto, el barco en que estaba embarcado fue tomado por una flotilla turca y llevado a Argel, porque los padrinazgos escritos que portaba tuvieron el efecto contrario al deseado por Cervantes, pues hizo suponer a los piratas que atacaron su nao que era un hombre de posibles, por lo que decidieron raptarle a él y su hermano Rodrigo y pedir un rescate por ellos.

En la ciudad berberisca permaneció preso cinco años, el tiempo que se tardó en reunir los quinientos escudos que los turcos pedían por su rescate. Durante ese tiempo, mostró esa fortaleza de espíritu de la que ya he hablado que tenían los españoles de nuestra época que no se conformaban con la suerte que se les otorgaba desde la cuna. Intentó fugarse cuatro veces, con planes diseñados por él mismo, que nunca llegaron a buen puerto, más por traiciones de los que le debían de ayudar a escapar que por estar mal trazados. Tras cada fracaso, aunque fue torturado y cargado de cadenas al ser de nuevo apresado, don Miguel asumió siempre las culpas y jamás delató a los ajenos a la fuga que habían participado en la trama.

La madre de los Cervantes consiguió reunir unos dineros a base de préstamos de amigos y conocidos, con la intención de liberar a sus dos hijos, aunque sin llegar a la cantidad de escudos que pedía el turco, así que cuando se concertaron los tratos, don Miguel estipuló que fuera su hermano Rodrigo el que quedara libre, mientras él continuaba con sus planes de fuga. Habían transcurrido dos años desde que la galera Sol, en la viajaban ambos desde Nápoles a España, fue abordaba por los infieles y ellos hechos presos.

Don Miguel tuvo que esperar tres más para conseguir la ansiada libertad. Una expedición de monjes trinitarios llegó a Argel con el propósito de liberar a cuantos más de los nuestros mejor. Los escudos que estos trajeron para la liberación de Cervantes fueron trescientos, cantidad que los infieles no aceptaron. Un fraile llamado Juan Gil buscó los cuartos que le faltaban entre los mercaderes cristianos que comerciaban en la ciudad, que consiguió juntar cuando se tenía previsto el embarque del soldado y escritor para ser llevado a Estambul.

En España debió de ser recibido como un héroe y habérsele dado un empleo en la función pública o una pensión vitalicia, pero de los primeros teníamos muchos y reales pocos para mantener a los que no eran menesterosos pero que se les trataba como tales.

De la corona solo obtuvo una encomienda para realizar en Orán, por la que le pagaron cincuenta escudos. Y aunque persiguió a la Corte por donde quiera que se instalara, ya fuera en Lisboa, Madrid o Valladolid, nunca obtuvo prebendas que le garantizaran una vida apartada de la miseria que sacude a los españoles no de ahora, sino desde siempre. Al menos, la denegación por parte de la corona de un oficio que le apañara las estrecheces, hizo que Cervantes tuviera tiempo para la escritura. Su ópera prima, *La Galatea*, salió de imprenta en el año de nuestro Señor de 1585, lo que significaba que el autor del Quijote tenía treinta y ocho años de edad cuando fue editado por primera vez. Un revulsivo para escritores antiguos que aún no han alcanzado el éxito que creen merecer y que les puede llegar a edad tan tardía como a don Miguel, o para los nuevos que pueden entender que los muchos años no es razón para no ser un buen garabateador de ideas que ha padecido un anonimato inmerecido, o para tantos soldados que saben que su vida es una aventura que no todos están dispuestos a correr y que prefieren leerla o verla representada en un corral de comedias.

Termino con Miguel de Cervantes. La paz no le fue tan bien como en la guerra. Tras los fiascos que le dio la ingratitud real, desempeñó las ingratas tareas de ser comisario de provisiones de la Armada Invencible, recaudador de tercias y alcabalas atrasadas, labor que le puso en más de un brete, puesto que consistía en ir llamando a las puertas de cada vecino para pedirles unos cuartos que muchas veces no tenían o no les alcanzaban nunca para comer un mes entero.

Un inconveniente en el que el mismo Cervantes, como casi todo español, entre los que me puedo incluir yo a pesar de estar en la milicia, que le hizo muchas veces agarrarse a un clavo ardiendo. De él se dice que estuvo dos veces, tal vez tres, encarcelado. La primera fue retenido en el pueblo de Castro del Río, no se sabe muy bien por qué motivo, durante muy breve tiempo. La segunda, estuvo recluido en la Cárcel Real de Sevilla, tras la quiebra del banco donde tenía depositadas las recaudaciones que habían ido obteniendo, aunque la acusación que se le hizo fue de apropiación de dinero público como parecían demostrar las irregularidades en las cuentas que había de llevar de acuerdo a su mandato. La tercera, que repito que queda tan solo en el ámbito de la posibilidad porque unos dicen que sí se dio y otros no, fue en Argamasilla de Alba, un pueblo no ha muy lejos del mío, en La Mancha, apresado en la cueva de Medrano, sin otro motivo que sus desavenencias con el alcalde del lugar.

Las mujeres tampoco fueron ajenas a su vida. Tuvo relaciones con una mujer casada, Ana Villafranca, con la que tuvo una hija bastarda, Isabel de Villafranca, de la que se desentendió hasta que quedó huérfana, cuando ya contaba con quince abriles, y fue acogida por una de las hermanas de don Miguel. Casado estuvo con una mujer de Esquivias, un pueblo del partido de Toledo, Catalina de Salazar y Palacios, que no le acompañó cuando empezó a recorrer las Españas en ejercicio de los oficios citados. Con ambas, con Isabel y Catalina, se dice que nunca tuvo una buena relación pero, según parece, su esposa estuvo con él en sus últimos momentos, en su lecho de muerte.

Por penúltimo y último, decir que Cervantes llegó a estar excomulgado por el ignominioso delito, sea entendido esto en tono de sorna, de embargo de bienes de la Iglesia, lo que condujo al provisor del Arzobispado de Sevilla a dictar sentencia contra él y así apartarlo de la comunión de los fieles y del uso de los sacramentos. Y no hay que olvidar que don Miguel, ahora sí que termino porque tengo otros personajes de los que hablar, fue sospechoso de un asesinato producido en Valladolid, enfrente justo de su casa, de un truhan al que conocía y no mantenía buenas relaciones.

Juro que con los siguientes hombres seré mucho más breve, porque lo que me propongo es destacar figuras que guerrearon en los tercios, y no escribir biografías.

Así, ahora hablaré de Jerónimo de Pasamonte, que si pongo en este lugar segundo es porque tiene en su vida semejanzas con Cervantes que parecen un plagio de la del uno en la del otro.

Perteneciente a la baja nobleza, no de hijosdalgo sino de infanzones, quedó huérfano muy pronto, con lo que quedó bajo la custodia de un hermano mayor, que cortó de raíz su vocación religiosa por suponer un desdoro para su linaje, lo que le hizo alistarse a los tercios. El suyo fue destinado a Italia y al igual que Cervantes, combatió en Lepanto, Navarino y Túnez y también fue hecho preso cuando formaba parte de su guarnición.

Si los cinco años de cautiverio de Cervantes a mí me parecen una barbaridad, los dieciocho que estuvo reo Pasamonte son una vida entera. Por él no se pidió rescate y tampoco permaneció fijo en un solo sitio, deambuló por los dominios del turco, tanto de África como Asia y Europa. Recibió el trato de esclavo y, para lo que para mí es peor, estuvo varios años atado a un remo como galeote. Las coincidencias con Cervantes, al que conoció en los momentos previos a Lepanto, no acaban aquí. Al igual que el escritor del Quijote, intentó fugarse tres veces, que terminaron en fracaso por parecidos motivos que tuvo el anterior, por traiciones, delaciones y enredos, y aunque a los que intentaban hacer lo que buscó él y volvían a ser apresados se les cortaba la nariz o las orejas, quebráranse piernas o brazos o se les mataba empalados, él nunca corrió tales suertes, o mejor sería decir malas suertes, y consiguió sobrevivir hasta que allegados de su tierra aragonesa consiguieron reunir la suficiente bolsa de dineros para pagar un rescate.

Ya en España, acudió a la Corte para obtener una compensación por los servicios prestados a la Corona y conseguir ser ordenado sacerdote, pretensión que repitió en algunas ocasiones más, sin nunca poder conseguirlo. Las gestiones en Madrid fueron un fracaso, por lo que marchó de nuevo a Italia, donde volvió a alistarse como soldado.

Las peripecias vividas le trastocaron la mollera y se obsesionó con que todas las mujeres eran malas y que le perseguían espíritus demoníacos. Consiguió plaza estable en Nápoles, dejó de un lado sus apreturas de dineros y, a pesar de su ascetismo, se casó con una hembra a la que convenció para que dejara los hábitos, pues estaba interna en un convento. La locura quijotesca que parecía embargarle le llevó a constantes riñas con sus suegros y cuñados. La cabeza mal compuesta le hizo imaginar que fue envenenado y como prueba alegó que la ponzoña le privó de la visión de uno de sus ojos.

Cervantes nunca escribió sobre sí mismo, aunque sus recuerdos estén presentes en algunas de sus obras, Jerónimo de Pasamonte sí. Dejó una obra escrita sobre las andanzas vividas, a la que no tituló de forma alguna, aunque fue por todos conocida como *Vida y trabajos de Jerónimo de Pasamonte*, que tuve la oportunidad de leer, y aunque no tenía ni por asomo la calidad y categoría del Quijote, me interesó por conocer las vivencias que yo pude haber tenido si mi suerte en las batallas que participé hubiese sido otra, a pesar de que supuse que don Jerónimo había hecho gala de exageraciones sobre lo que realmente le ocurrió.

La amistad con Cervantes a lo mejor solo se trató de un conocimiento entre dos soldados que combaten contra un mismo enemigo, porque don Miguel satirizó a Pasamonte en uno de los pasajes de su inmensa obra, trasladado en su libro a un galeote al que nombra Ginés de Pasamonte.

Alonso de Contreras

Diego Duque de Estrada

VI. Soldados y mujeres

Como ya he dicho, hasta el momento, cuando cuento con treinta y seis años en este año del Señor de 1634, nunca me he casado, aunque no puedo negar que haya yacido con diferentes mujeres, casadas y solteras, aunque jamás he violentado a ninguna. Esto viene a cuento porque ahora voy a entrar en explicar la catadura de compañeros de otros tercios que mataron a mujeres y así dejar claro que yo no he pasado por el altar porque odie a las hembras, porque considero que matar a una dama es un hecho casi injustificable, y digo casi y no del todo, porque es difícil soportar para un hombre encontrarse a su esposa en compañía de otro hombre en situación amorosa, como ocurrió en alguna que otra ocasión con compañeros de armas hasta de mí mismo tercio.

Miguel de Castro es un soldado, aún no sé si sirve y por eso no he querido utilizar el tiempo pasado, al que yo personalmente conocí en Italia, en alguna de las campañas en las que participé allí, con el que llegué a entablar cierta amistad, sin llegar a ser íntimos, que me mostró un manuscrito en el que narraba su propia vida, sin duda excedida en lo referido a sus amoríos, que no tanto respecto a sus epopeyas militares, que en su obra parece querer destacar menos, sin que tampoco le falten los alardes, algunos de ellos difíciles de creer.

Leí el original que me entregó no sin dificultades, porque su letra no era la de un gramático y porque yo solía leer mejor la letra impresa que la manuscrita.

Miguel de Castro esperó ansioso a que yo acabara la lectura de lo de por él escrito, como si yo fuera un experto en valorar libros y no un simple curioso deseoso de hacer volar la sesera hacia personajes ideados y otros mundos. En cuanto le dije que había terminado de leerlo, no me dejó ni a sol ni sombra hasta que consiguió sentarme con él para que le diera mi opinión sobre su biografía escrita por él mismo.

De Castro era soldado como yo, y sabía en parte dónde había servido, por lo que me salté eso de que había estado en la compañía de Alonso Caro durante un breve tiempo para luego preferir la del capitán Antonio de la Haya. Por lo dicho antes de haber coincidido en algunas bregas, sé que no mintió al decir que estuvo bajo las órdenes del capitán Francisco de Cañas, que también me mandó a mí, aunque la parte de que sirvió al mismísimo virrey de Nápoles, el conde de Benavente, me la creí menos.

—Quien lea tu obra —le contesté cuando me pidió la opinión sobre su manuscrito—, dudará sobre si trata sobre la vida épica de un soldado o de un embaucador de mujeres.

—Un soldado es un soldado siempre, dentro y fuera del cuartel —replicó él—. El lance amoroso es una aventura más de un hombre que sirve en un tercio, porque de eso se trata la vida que llevamos, tener los cojones suficientes para aguantar impertérrito el fuego enemigo en plena batalla como para emprender el galanteo de una mujer, ya sea manceba o casada con otro hombre. La muerte del enemigo en el combate sosiega el alma, pero existe otra furia, la del arrebato amoroso.

—Te recreas más en este arrebato que en el del enfrentamiento contra el contrario.

—Es mi vida, la de un hombre que prioriza el cuerpo al alma, y sé que de no ser así, mi carrera militar hubiese podido ser fulgurante. Ahora sería más algo más que tropa, tal vez sargento u oficial, pero yo soy como soy, no puedo evitarlo, ni tan siquiera quiero hacerlo.

—Citas a una viuda a la que pones nombre, Virgilia, cosa que no ocurre con esa «doncella que no te entrega su cuerpo porque es enamorada de reja», que nunca consiente ir más allá de los barrotes, ni con la esclava que citas, ni con las cortesanas que sedujiste…

—¿Vas a citar a todas las mujeres que aparecen en el libro?

—¿Quedan muchas más? No me acuerdo de todas las que nombras.

—Las justas. De importancia, dos damas, Catalina Sánchez de Luna y Luisa de Sandoval y Rojas-Manríque y Padilla.

—Nada más y menos que la esposa del virrey de Nápoles, Juan Alonso Enríquez de Colonna, duque y conde de muchos honores.

—Una gran dama su esposa..

—Que pondrás en un brete cuando tu libro se imprima. Suponiendo que esa sea tu intención. Tampoco creo que tú salieras muy bien parado.

—¿Pretendes que mienta sobre mí mismo?

—¿Acaso no lo has hecho ya al escribir tus líneas? —me puse serio.

—No sé si lo que pretendes perpetrar un ultraje sobre mi persona. Si es así, no tengo más que decir de palabra, habríamos de tratarlo con la espada tú y yo en duelo.

—Yo estoy en el tercio para combatir con el enemigo, no contra compañeros de filas —repliqué sin amedrentarme—. Pero si lo quieres así, así será. Eso sí, antes de establecer padrinos y el lugar del duelo, me gustaría que me contestaras a una pregunta, ¿puede ser?

—Soy todo oídos.

—¿Es cierto que envenenaste a una de tus amantes con la que te fugaste que fue apresada y torturada para que confesara lo ocurrido?

—¡Ay la gente, que como el diablo cuando no tiene que hacer, mata moscas con el rabo! —se expresó muy sentido—. Bien es cierto que he tenido amoríos con una mujer que incluso se disfrazada de hombre, imitando a la monja guerrera, tanto como para seguir mis pasos, pero no hablamos de esa dama. A lo que te has referido no son más que habladurías, porque las envidias andan siempre sueltas, incluso entre nuestros compañeros, una palabra que algunos no entienden su significado, porque fue creada para definir la camaradería que existe entre los hombres que estamos en los tercios, aunque siempre hay algunos que no conciben que uno de nosotros pueda establecer una relación permanente con una mujer manceba, que yo también he tenido de esas.

La cosa quedó ahí, aunque yo quedé convencido de que De Castro sí había matado a una mujer, fuera quién fuera, porque incluso él lo da a entender en su propio manuscrito.

Alonso de Contreras, nombre con el que se conoció al realmente llamado Alonso de Guillén Contreras, un hombre muy pagado de sí mismo, que como los dos anteriores escribió la historia de su vida, que no pude leer porque jamás fue publicada[4], que tituló con tantas palabras que en sí mismo podría haberse tratado de un relato, *Vida, nacimiento, padres y crianza del capitán Alonso de Contreras, natural de*

[4] El manuscrito fue descubierto en 1900 por Manuel Serrano y Sanz, quien hizo una primera edición ese mismo año que contenía supresiones y errores.

Madrid, Caballero del Orden de San Juan, Comendador de una de sus encomiendas en Castilla, escrita por él mismo, y por subtítulo, *Discurso de mi vida desde que salí a servir al rey, de edad de catorce años, que fue el año de 1597, hasta el fin del año de 1630, por primero de octubre, que comencé esta relación*, obra de la que puedo saber, por comentarios de otros, que es en sumo exagerada en el relato de las hazañas de Contreras.

Por muy amigo que fuera de Lope de Vega, que también tuvo sus más y menos durante su juventud con respecto a lo que una vida correcta debe ser, de don Alonso, que no sé yo si se merece el don aunque su linaje le pudiera vincular con un conde, el más alto grado de la nobleza española, se le podía tildar más como matasiete que de soldado, a pesar de estar alistado en nuestro ejército desde la temprana edad de catorce años.

Antes de cumplirlos, un año o dos antes, mató a un compañero de estudios de una cuchillada, por lo que fue condenado al destierro en la ciudad de Ávila —él era matritense por nacimiento—, que poca pena me parece a mí para un asesino. Al cumplir la condena regresó a la aún capital de España, donde su madre le buscó un trabajo como aprendiz de platero. Como no le plació el oficio que se le encomendaba, poco adecuado para su carácter rebelde y pendenciero, se alistó con la edad que él mismo cita en el título de su autobiografía, en el ejército de Flandes formado por el Príncipe Cardenal, el archiduque Alberto de Austria.

Yo no conocía a Contreras, sí Blas Gómez, el sargento amigo que compartía tercio conmigo, que no siempre sirvió en el cuerpo de infantería, sino que combatió en el de marinería, compaginación que tuvieron tanto él como don Alonso, como otros tantos que toda su vida dedican a las guerras libradas por España, que no hace falta que recuerde, aunque lo esté haciendo, que son muchas.

En Flandes no anduvo más de dos o tres años. Después marchó a Italia para embarcar en las galeras de Pedro Álvarez de Toledo y Colonna para combatir contra el turco y sus aliados.

—Alonso siempre destacó en los combates que emprendíamos contra los infieles —contó Blas—. Mostraba más destreza en el manejo de las armas y la estrategia que por una sincera muestra de arrojo y valor, pero es que él se hacía valer más que nadie, era como si cada encuentro o batalla se hubiesen ganado por él.

—¿Eras amigo suyo? —le pregunté a mi compañero mientras tomábamos unos vinos antes de nuestra partida hacia Flandes.

—Contreras el único amigo que tenía era él mismo —respondió Gómez a su manera.

—Si es eso así, ¿por qué dicen que es amigo de Lope?

—Porque Alonso tampoco es una persona hostil hacia los que le rodean y consideran que le pueden servir. No digo que Lope, sea uno de esos, por supuesto, pero en la batalla sí que parecía que era así.

—Sería un hombre odiado entonces.

—No. Más bien al contrario, había muchos que le tenían en mucho aprecio.

—No lo entiendo.

—Contreras es un hombre que se sabe vender, Gutierre. Si tú propagas entre todos que eres un héroe, el más compañero de los compañeros, con los suficientes cojones para enfrentarse a amigos y enemigos por muy matasietes que fueran, mujeriego, varias veces prendido y con muertes reconocidas que no correspondían únicamente a los que luchaban contra Dios y el rey, sino entre neutrales o incluso de los nuestros, ¿qué más se necesita para que los demás, que están codo a codo contigo en una guerra, te suban a un pedestal?

—Sé de la muerte que provocó a cuchilladas cuando era un niño, ¿cometió más crímenes de ese tipo que tú sepas?

—Los rumores decían de él que era como un rey de los duelos, pero yo no puedo confirmar lo que no he visto —Blas eludió en parte la respuesta, aunque no del todo, como demostró a continuación—. Alonso iba de mujer en mujer como una abeja vuela de flor en flor. Algunas amantes le conocí, incluso a una querida a la que acabó dejando, hasta que el final se casó con la viuda de un oidor que vivía en Sicilia. Lo cierto es que pareció ser que el deseo de hombre de su esposa no aguantaba las frecuentes ausencias de su marido en busca de una causa tras otra para calmar su ardor guerrero, porque lo cierto es a la vuelta de una de sus misiones, o lo que fuera, se encontró con la mujer con un hombre en un mismo aposento, y no dudó ni un solo momento en matar a los dos.

—No sé si yo hubiera hecho lo mismo.

—¿Y si hubiese sido al revés?

—No sé si te entiendo —mentí.

—Me refiero a que si él hubiese el que le hubiese le puesto los cuernos a ella. ¿Una esposa tiene el mismo derecho que un marido para matarlo si lo cogiera en un acto de adulterio?

—Blas, amigo —le expliqué—, yo en ningún momento he dicho que un cornudo tenga que matar a su mujer y su amante, puede haber otro tipo de castigo, digamos, menos dramático.

—¿Cómo cuál?

—Le puede cortar los huevos a él y denunciar a la justicia a ella.

Contreras, me siguió diciendo el sargento compañero, llegó a ser espía, corsario y, a pesar de sus desmanes, capitán de infantería. Tuvo puesto precio a su cabeza cuando consiguió raptar a la amante húngara de Solimán de Catania, bey de Jio, por lo que hubo de regresar a España.

También fue acusado de encabezar una revuelta morisca, cargo del que salió absuelto. Tras este percance, sirvió de nuevo en Flandes, el Mediterráneo y, como destino nuevo, en las Indias. Un cometido más lo tuvo como gobernante, primero en la población de El Águila, o del L'Aquila según la parla italiana, situación en la que tuvo la ocasión de ver la erupción del volcán Vesubio; la segunda, como ejerciente de ese cargo en el castillo de San Juan de Ulúa de Veracruz.

—La última noticia que tengo sobre él es que es capitán de los presidios de Sinaloa, una región de Nueva España, donde parece que ha ido a parar recientemente, teniendo en cuenta que comparte este cargo con su gobernanza en Veracruz, y es posible que concluya su libro de una puta vez.

Diego Duque de Estrada es el último hombre del que voy a hablar vinculado con los tercios, también escritor de su propia vida y también asesino de su esposa y amante por asunto de cuernos, lo que le motivó a alistarse al ejército, donde aprendió hasta la maestría el uso de la espada.

Participó en campañas en África, donde llegó a ser capturado por piratas infieles, aunque no estuvo mucho tiempo cautivo, porque se les apañó para fugarse pronto con la ayuda de un antiguo esclavo que sirvió a su familia.

Viviendo por ello sobre todo en Andalucía, dejó rastro por diversas poblaciones de la región de sus duelos con valentones de fama y de las muertes producidas por su hierro.

Por estas últimas, fue apresado y llevado a la ciudad de Toledo, donde fue torturado y condenado a muerte, y aunque pidió socorro al duque de Lerma, este le hizo oídos sordos a su petitoria y si escapó del cadalso fue por la ayuda de una monja a la que enamoró y que facilitó su fuga.

La obra escrita por él, intitulada como *Comentarios del desengañado de sí mismo, prueba de todos estados y elección del mejor dellos, o sea, Vida de don Diego Duque de Estrada*, yo la leí inacabada, porque tardó mucho en terminarla, si es que alguna vez lo hizo[5].

Lo que pude leer de su libro tenía más fantasías acumuladas que todas las visiones del orate Alonso Quijano convertido en Don Quijote. Según sus letras, participó en todas las batallas importantes desarrolladas tanto en Europa como en África por los ejércitos hispanos, que además siempre contaban con una participación importante de su persona, con hazañas realizadas por su parte poco menos que imposibles.

Además de su intervención en tantas campañas bélicas fue, según sus letras, privado del Príncipe de Transilvania, el conde húngaro Gabriel Bethlen, que había conformado una lujosa corte. Después fue castellano en Bohemia, cófrade de la Orden de San Juan de Dios en Cerdeña, maestro de la parla española, corsario, militar, poeta, batallador en muchas guerras, visor de las maravillas del mundo conocido y viajero incansable en sus momentos de licencia y escritor de comedias, de al menos una decena, muy bien escritas las que pude leer yo, pero sin el cuajo perfecto de las

---

[5] Habida cuenta de que la acción de este libro transcurre en 1634, Lope Muñiz Blasco no podía saber que Diego Duque de Estrada terminaría de escribir el libro hacia el año 1645.

publicadas o representadas compuestas por otros autores de fama de la época, además del insigne Lope de Vega, como pueden ser Tirso de Molina, Calderón de la Barca o Juan Ruiz de Alarcón. O del propio Miguel de Cervantes, que cuenta con obras muy dignas en ese género a pesar de ser mucho más conocido por sus relaciones[6], o lo poco escrito por Francisco de Quevedo para ser visto en un corral de comedias, entre las que hay siempre que destacar *Cómo ha de ser el privado* o alguno de sus entremeses.

La mención a Diego Duque de Estrada como conocido soldado de los tercios, por lo dicho, es causa de discusión conmigo mismo, porque a él no le conocí en persona, ni tampoco ninguno de mis allegados, y considero que don Diego engrandece el tamaño de los hechos que narra en los retazos del libro sobre su propia vida que he podido leer, para vanagloria de su linaje, que no dejaba de expresar cada vez que venía a cuento o no, ensalzamiento del honor que debe tener todo español de alcurnia y es agresivo e incluso violento cuando consideraba que alguien había ofendido su dignidad, por muy de chiripa que tal agravio le pudiera parecer a alguien que no fuera él.

[6] A la novela, durante mucho tiempo, se le llamaba también relación.

Manuel Castellano: *La muerte del conde de Villamediana* (1868), como ejemplo de los crímenes de la época

Dionisio Álvarez Cueto: *Mosquetero y arcabucero españoles*

VII. El porqué del camino español

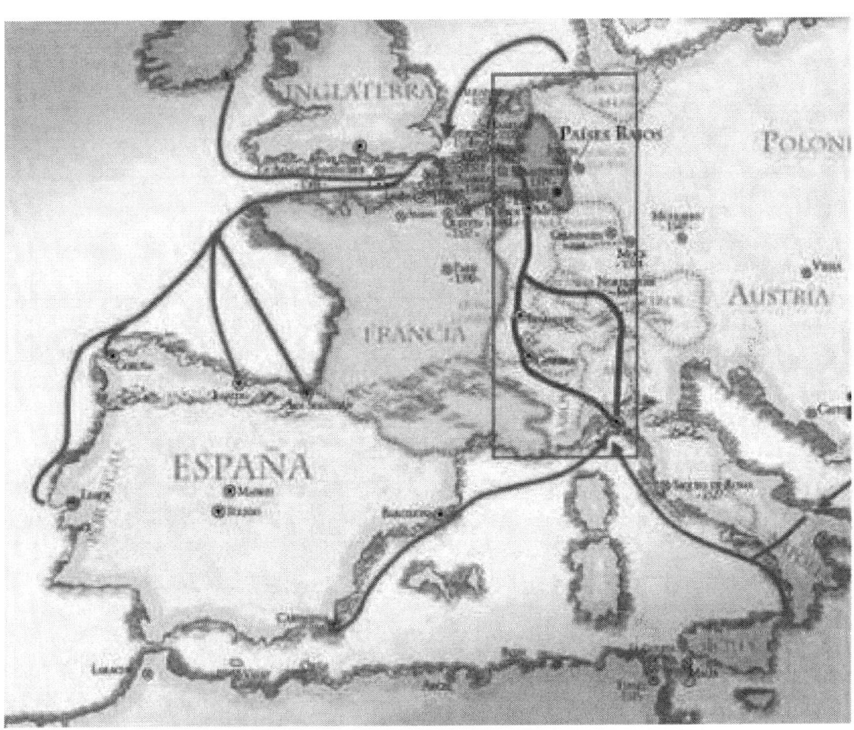

El camino español era el recorrido que teníamos que hacer las tropas del ejército del rey entre sus asentamientos en el sur de Europa, sobre todo desde Italia aunque también podían partir de España, para llegar a los Países Bajos en rebeldía desde el año 1567 desde los dichos lugares.

El levantamiento se empezó a fraguar tras la sucesión del emperador Carlos V de Alemania, el I en el trono de

España, por Felipe II, que después de todo era un rey extranjero, al contrario de su padre, por lo que los Países Bajos empezaron a ser una posesión más de la monarquía hispánica, ligados desde entonces a sus políticas y destinos.

Los años de gobierno de Felipe II, que recibió el equívoco apodo de El Prudente, se caracterizaron por ser un periodo de continuas guerras, que las arcas de la Corona no podían mantener. La rebelión de los protestantes pobladores del territorio vino derivada, precisamente por la escasez de dineros endémica de España, que el monarca quiso paliar con una subida de impuestos, a la que la nobleza holandesa se opuso.

La revuelta, en principio, fue dirigida contra una sola persona, la gobernadora del territorio en ese momento, Margarita de Parma, hija natural del rey Carlos, a los que el soberano parecía ser muy aficionado, puesto que no hay que olvidar en ese sentido la figura de Juan de Austria, también vástago bastardo de su majestad imperial.

Para sofocar la rebelión, el segundo Felipe dispuso que una tropa de unos diez mil soldados, al mando del duque de Alba, acudiera en refuerzo de las tropas estacionadas allí, además de que el noble tomara posesión de la gobernanza del país. A finales del mes de junio del año citado como inicio de la sublevación, el hombre que tenía que sustituir a doña Margarita en el puesto que había ocupado esta hasta entonces, se inventó el camino, que acabaría siendo bautizado como español, que condujo a la numerosa hueste desde Milán a Bruselas en tan solo cincuenta y seis días, un prodigio más a sumar a los méritos que ya acumulaban las actividades de los tercios. Hay que apuntar que las dos ciudades que fueron inicio y destino de la marcha estaban separadas por unas ciento ochenta leguas[7].

El duque de Alba era un excelente estratega, pero en extremo cruel. Atajó la rebelión de forma brutal. Mandó ejecutar a la mayor parte de los cabecillas rebeldes y el Tribunal de los Tumultos creado para la ocasión condenó a casi un millar de adeptos, que no sé si todos los castigados eran culpables de algo, aunque sí fue bien cierto que la revuelta desató una violencia e iconoclasia indiscriminada de los herejes calvinistas contra los católicos que abundaban en el país y que eran mayoritarios en Flandes. A pesar de tanta represión, la rebelión no se terminó allí. De hecho, el cabecilla de los sublevados, Guillermo de Orange, mantuvo viva la llama de la revuelta y, dos años después de estos hechos, penetró en los Países Bajos al mando de una tropa de mercenarios alemanes. La guerra continúa desde entonces, y ya

[7] Unos mil kilómetros.

han pasado desde ese momento la friolera de sesenta y siete años.

En ese momento, en el pasado que estoy recordando, los Países Bajos quedaron partidos en dos. Las provincias católicas no se unieron a las iniciativas de Guillermo de Orange y mantuvieron su fidelidad al duque de Alba, mientras que en los territorios de mayoría calvinista la rebelión ya no cesó nunca.

El duque de Alba tuvo que abandonar el puesto de gobernador por el fracaso de sus políticas, basadas sobre todo en la aplicación de la fuerza. Fue sustituido en el cargo por Luis de Requesens, con el mandato de conseguir la paz mediante la negociación con los rebeldes, sin tanta represión como la ejercida hasta ahora.

Contó con un problema al llegar allí para cumplir su propósito, que Guillermo de Orange había afianzado sus posiciones en Holanda y Zelanda, sobre todo, y mantenía una posición de fuerza que no ayudó a un posible acuerdo.

Requesens no estuvo mucho tiempo como gobernador en los Países Bajos al fallecer de forma repentina, no sin antes trabajar con denuedo para obtener una paz pactada con los rebeldes. Antes de sentarse a negociar, hubo de guerrear contra ellos, pues pensaban que habían adquirido posiciones consolidadas que les darían más pronto que tarde el triunfo en el conflicto armado que mantenían con los soldados imperiales. Tras la victoria de sus tropas en la Batalla de Mook, en donde murieron dos hermanos de Guillermo de Nassau, recuperó una buena parte del territorio del sur del país.

Una vez conseguido esto, Requesens creyó que era el tiempo de negociar. El problema es que el gobernador había recibido instrucciones precisas de la Corona sobre lo que debería mantener a toda costa, aunque cediera en lo demás. El primer mandato se podría obtener si se trataba bien con los sublevados, se trataba de que se había de mantener a los Países Bajos bajo el mandato de Felipe II, el legítimo regidor del territorio. El otro, de antemano, parecía un imposible, puesto que era que los rebeldes deberían atañerse a la religión católica y así abandonar las tesis calvinistas.

Hubo conversaciones entre ambas partes, en las que medió el nuevo emperador del Sacro Imperio Romano Germánico, en sustitución de nuestro Carlos V, Maximiliano II. Requesens se mostró receptivo con respecto a la posibilidad de retirar las tropas extranjeras de Flandes, siempre que el catolicismo fuera la religión única en el territorio. Los protestantes no serían represaliados si en un plazo de diez días marchaban a un forzado exilio.

Como era de prever, esta exigencia hizo imposible un acuerdo. Las provincias de Holanda y Zelanda contaban ya en ese momento con una mayoría de población calvinista, por lo que los emisarios de Guillermo de Orange abandonaron las negociaciones al rechazar de forma tajante esa imposición. Además, la relación de la nueva doctrina con el nacionalismo holandés hacía a ambos pensamientos inseparables e irrenunciables.

—No entiendo muy bien, por no decir que nada —me comentó el aún coselete Anselmo Fuentes, tal vez mi mejor amigo entre los soldados de los tercios—, la importancia que tiene ser protestaste o católico, apostólico y romano, si los dos credos son cristianos.

—La diferencia son los privilegios de nuestra Iglesia —respondí con la mayor naturalidad. Era una pregunta que yo me hice ya antes en varias ocasiones y había obtenido mi propia respuesta.

—Ahora lo entiendo menos —rezongó Anselmo.

—Yo creo, por lo que he leído, que el tan cacareado reformismo propuesto por hombres como son esos putos Lutero o Calvino, son de una ortodoxia religiosa que no tiene nada que envidiar a nuestro catolicismo más severo. —Estábamos en un campamento ya cruzada la frontera de Italia con los cantones suizos, ahí ya no se bebía vino con la alegría que se hacía en los países mediterráneos, en primer lugar porque allí no se cultivaban vides y, en segundo, porque costaba un quintal traerlo de donde se cultivaba. Por eso, bebíamos cerveza al albur de un entoldado que nos servía para protegernos de la lluvia que llevaba unos días sin parar de caer—. La cuestión por la que la iglesia católica rechaza los argumentos que ellos llaman reformistas sin que yo vea que lo sean tanto, es por la existencia de la Iglesia misma, porque lo que los protestantes ponen en cuestión es el papado y la estructura establecida para establecer su reinado.

—¿Su reinado?

—Sí, su reinado —corroboré con ímpetu—. La existencia del papado en sí es la controversia que ha originado las discrepancias religiosas entre cristianos. La Iglesia, entiéndela escrita en letras mayúsculas para diferenciar una ordenación creada por el emperador Constantino en época romana a un edificio en el que los feligreses entrar a rezar, cuenta con un maestre de campo, el citado papa, que lo llamo así porque está al mando de todos los católicos, que delega una parte de su jerarquía en capitanes, que nosotros conocemos como obispos o cardenales, que a su vez recurren a otros intermediarios entre Dios y su pueblo, un sargento como yo, o un cabo si lo prefieres, que, en el caso a que nos estamos refiriendo, son los curas.

—Los soldados, entonces, serían los creyentes, los que creen simplemente en Dios y le rinden culto.

—Así es, Anselmo. —Cabeceé un sí exagerado—. El calvinismo, que es lo que nos interesa en ese momento porque es de lo que estamos hablando ahora, quiere evitar los terceros entre Dios y la plebe, por lo que la religión es un asunto a tratar entre todos, aunque eso no hay quien se lo crea, porque nunca será un igual un noble a un siervo, por mucho que nos quieran engañar diciendo lo contrario.

—Gutierre, ¿dudas de esa religión o realmente lo haces de todas? —Anselmo, aunque solo era coselete, no tenía nada de tonto,

—Tú y yo, Anselmo, somos camaradas desde hace muchos años —repliqué con la confianza que me reparaba mi amigo—, y nunca te he mentido, lo que significa que sabes de qué pie cojeo. Yo estoy alistado en los tercios porque es una forma como otra de ganarse unos cuartos y poder comer caliente, también porque soy súbdito de un rey en el que creo y, aunque estoy convencido de la existencia del Dios padre de Cristo, me cuesta profesar en una religión que abunda en las diferencias entre los hombres, que he de recordarte que Jesús dijo que eran todos hermanos, aunque eso no parece significar lo mismo que iguales.

—¿Eres calvinista entonces?

—¡Ya sabes que no! —protesté con ímpetu—. ¡Parece mentira que tú, Anselmo, preguntes eso!

—¡Es que, por tu forma de hablar, es como si hubieras cambiado de ser de ayer a hoy!

—Dios no es la visión de un único credo, amigo mío.

El coselete se quedó pensativo durante un buen rato. Un hombre sabio es un hombre curioso, por eso él quiso saber más sobre lo que estábamos hablando, en realidad el enemigo con el que nos enfrentaríamos en el camino o en el propio Flandes, porque era de suponer que habría batallas antes de llegar allí.

—¿Algo que sepas tú que yo no conozca sobre esos putos herejes?

—Los calvinistas, recapitulemos, no creen en la existencia de intermediarios entre el hombre y Dios. Tampoco en un cielo abarrotado de santos, ángeles, papas, curas y vírgenes, que aunque solo hubo una madre de Cristo, por tantos nombres como recibe parece que sean varios cientos o incluso más. La única verdad, según ellos, emana de la palabra de Dios, que está recogida como tal en la Biblia. Aunque ese supuesto es un contrasentido en sí mismo.

—¿Qué quieres decirme con eso?

—Que la Biblia no fue escrita ni tampoco dictada por Nuestro Señor, me estoy refiriendo al Antiguo Testamento y, al hablar del Nuevo, te diré que tampoco fue redactado por Cristo, sino por algunos de sus discípulos, glosados en los llamados evangelios, de los que se eligieron cuatro en concreto cuando se conformó el texto que rige a la Iglesia, cuando es bien cierto que existen al menos media docena de ellos más.

—Entiendo perfectamente lo que quieres decir, Gutierre —asintió Anselmo, que como he dicho de tonto no tenía un pelo—. Cuando alguien escribe algo sobre lo que no ha vivido, o está redactando una relación, o novela, es del todo seguro que está atendiendo al rumor como parte de la verdad, por lo que esta puede estar presente o ausente en el texto escrito.

—Lo mismo que cuando alguien cuenta su propia vida, es muy difícil hacerlo sin hacerse apego de sí mismo.

Tras este inciso, sigo con mi relato de los hechos de Flandes que acabaron conformando de un modo definitivo el camino español.

Me había quedado en el fracaso de las negociaciones entre el gobernador Requesens y los enviados de Guillermo de Orange. La guerra se reanudó entonces, con el mayor ímpetu desde la llegada de Requesens.

Fue el momento de una de las jornadas más épicas de la lucha. Uno de nuestros coroneles, Cristóbal de Mondragón, cruzó con las tropas a su mando el canal que separaba las islas de Duiveland y Schouwen, bajo el fuego del enemigo y con el agua que les cubría hasta el cuello, y tomaron la mayor parte de la provincia de Zelanda. La guerra podría haberse decantado definitivamente de nuestra parte tras esta hazaña, cuando ocurrió algo inesperado. Las milicias de los tercios llevaban mucho tiempo sin recibir sus soldadas y las jornadas anteriores habían sido de una dureza extrema, por lo que decidieron plantarse entonces y se dio un motín general de la hueste española y de las demás de las nacionalidades que conformaban nuestro ejército. La insurrección propia tuvo desastrosas consecuencias. Las campañas previstas tras el gran triunfo anterior quedaron interrumpidas durante casi un año, lo que dio tiempo a los rebeldes a recomponerse, mientras se hacía evidente de una forma cada vez más palpable la división del territorio entre el norte calvinista y el sur católico, lo que condujo a que los primeros, establecidos en las provincias de Holanda, Frisia, Zelanda, Utrecht, Güeldes, Groningen y Overijssel firmaran un pacto, el llamado de Utrecht, por el que renegaron de la soberanía española y proclamaron su independencia.

Además de esto, aprovecharon el vacío de poder que se produjo por parte de nuestra parte por la repentina muerte de Requesens y la llegada de su sustituto, Juan de Austria, el hermanastro del rey tan loado por su éxito en la Batalla de Lepanto, los así llamados Estados Generales en su jerga, rebeldes al segundo Felipe según la nuestra, asumieron el gobierno de los Países Bajos, emitieron sus propias leyes y reunieron un ejército. También sentaron las bases para la firma de una paz definitiva con la Corona, en el llamado acuerdo llamado de Pacificación de Gante, suscrito tanto por las provincias que se habían sublevado contra el rey como quienes habían permanecido fieles a él. El pacto, derivado del hartazgo de la guerra y los desmanes cometidos por los dos ejércitos enfrentados, establecía una serie de condiciones innegociables para lograr la paz. Las más importantes fueron que las tropas españolas deberían abandonar los Países Bajos, lo que significaba que la guarnición establecida allí debería ser nativa del lugar, que los estados generales podían dictar sus propias leyes, entendido siempre que no fueran contrarias a la particularidad normativa española, la promulgación de la amnistía en favor de los sediciosos, la confirmación de los privilegios de la nobleza y la iglesia local, no podía ser de otra forma, y que Guillermo de Orange procedería como jefe del gobierno de las provincias al mismo nivel que un tutor nombrado por el rey.

Una vez llegado Juan de Austria a Bruselas, intentó de principio continuar con los esfuerzos de pacificación del territorio por la vía del diálogo. Nada más tomar posesión de su cargo como gobernador, aceptó las cláusulas establecidas en el acuerdo de Pacificación de Gante, mediante la emisión del que se conoció como Edicto Perpetuo, que además de lo recogido en el documento anterior, dictaba que todas las provincias de los Países Bajos debían reconocer al segundo Felipe como rey legítimo de ellas y a don Juan de Austria como su tutor destacado en el lugar, el respeto a los católicos y a su credo en todo el territorio, aunque la mayoría de la población de una demarcación fuera de fe protestante y la renuncia por ambas partes a cualquier alianza contraria al decreto.

Desde mi manera de ver las cosas, estas dos matizaciones no contravenían las estipulaciones establecidas en el cónclave de Gante, por lo que el hecho de que se mantuviera en el edicto la amnistía a los rebeldes y la aceptación de que los tercios extranjeros abandonaran el país, a excepción del ducado de Luxemburgo, el condado de Lingen y la ciudad de Ruremunda[8], todos ellos lugares de fuerte arraigo católico.

La posición de fuerza adquirida por Guillermo de Orange tras el deceso de Requesens y la recuperación de la derrota anterior le hizo mostrar una doble cara con respecto a sus intenciones verdaderas, que no eran otras que ser proclamado rey de los Países Bajos. Lo firmado en la Pacificación de Gante y su conformidad al Edicto Perpetuo no eran más que una máscara que se atusó en ese momento, como demostró que, a pesar de lo establecido en este último, no dudó en ordenar el sitio de Ruremunda, una forma fragrante de saltarse lo acordado, aunque fracasara en su intento de tomar la ciudad.

Juan de Austria, a pesar de todo, siguió cumpliendo con lo promulgado en el Edicto Perpetuo y las tropas de los tercios extranjeros establecidas en los Países Bajos iniciaron su retirada del lugar. En principio, las medidas parecieron

---

[8] Roermond en holandés.

surtir efecto y se vivió un tiempo de relativa paz, que fue muy breve, pues ya he hablado de las intenciones reales de Guillermo de Orange. De hecho, esta actitud por parte del jefe de los rebeldes significó posturas encaradas entre católicos y herejes, porque los unos consideraban que las condiciones establecidas por todos en Gante se estaban cumpliendo y que era innecesario proseguir con la guerra, mientras que los segundos, convencidos de que el fin último de su rebelión era independizarse de España, .pretendían continuarla hasta el éxito total o la derrota definitiva.

Lo cierto es que una parte de los rebeldes no dieron su brazo a torcer y continuaron con la guerra, lo que consiguió que don Juan perdiera la paciencia y reanudara las hostilidades, convencido por fin de las verdaderas intenciones de ese canalla y felón de la casa de Orange.

Por no callar la toda la verdad, he de decir que los nuestros también tuvieron buena ración de culpa en que muchos flamencos se decantaran definitivamente por la desagregación de su país de la tutela española.

El motín de las tropas de los tercios destinados en los Países Bajos fue un hecho irresponsable, una locura, si no se tuviera en cuenta que llevaban más de un año sin cobrar las soldadas, por lo que para poder subsistir era corriente que recurrieran al pillaje, no solo con el enemigo declarado que se enfrentaba a los nuestros en la batalla, sino también con la población local, lo que le hizo que los adeptos a la rebelión no dejaran de crecer.

El colmo llegó cuando, con la retirada de nuestras tropas ajenas a Flandes de la región, los hideputas de los sublevados aprovecharan la ocasión para tomar Amberes, una ciudad de las más importantes de esa tierra, a la que accedieron por sus puertas, que sus autoridades les abrieron de par en par, en un gesto evidente de traición hacia el rey.

El único bastión que quedó en nuestro poder fue el castillo, en el que la tropa leal se encontraba en franca minoría. Amotinados o no, los tercios no podían soportar tal felonía, y los soldados apostados en las inmediaciones de la ciudad acudieron en socorro de los sitiados en la ciudad.

A pesar de la inferioridad numérica de mis compañeros, utilizo este término para referirme a aquellos hombres a pesar que en el momento de esa batalla yo ni tan siquiera había nacido, estos se lanzaron a la carga contra los malnacidos que los sitiaban y les hicieron correr por toda la ciudad.

El problema vino después, pues los nuestros no se conformaron tan solo con acorralar hasta matar a los enemigos armados, sino que iniciaron un saqueo de la ciudad, a la que consideraron enemiga por sí misma por su connivencia con los rebeldes al inicio de la batalla. El saco de Amberes duró tres días y se dice que fueron matados diez mil de sus habitantes y que Flandes, definitivamente, dejara de sentirse española. Lo curioso es que, poco tiempo después, Amberes se volvió a perder.

El reavivamiento de la guerra hizo que Juan de Austria hiciera volver al territorio que gobernaba los tercios que había ordenado desalojar solo unos meses antes. El camino español tenía más vigor que nunca, porque era la forma más segura de enviar tropas desde Italia, sobre todo, a los Países Bajos.

En esta ocasión, los refuerzos estaban al mando de Alejandro Farnesio, duque de Parma, que derrotó a los sublevados en repetidas ocasiones. Tras la sorpresiva muerte del hermanastro del rey el primer día de octubre de 1578, fue nombrado por este como nuevo gobernador de Flandes.

Con Alejandro Farnesio, la guerra volvió a cambiar de sino. El futuro duque, puesto que no obtuvo el título hasta ocho años después, tras la muerte de su padre, destacó por sus dotes como táctico, negociador y militar, lo que le permitieron la conquista de más de treinta ciudades en posesión de los rebeldes durante sus campañas en los Países Bajos, lo que permitió a nuestro rey recuperar todas las provincias del sur del territorio y, si no pudo tomar Holanda y Zelanda fue por su endiablada orografía, por lo que solo podía emprender su reconquista desde el mar, bajo dominio de los sublevados. Fue considerado el mejor general de la época en que ejerció.

Jean Saive: *Alejandro Farnesio*

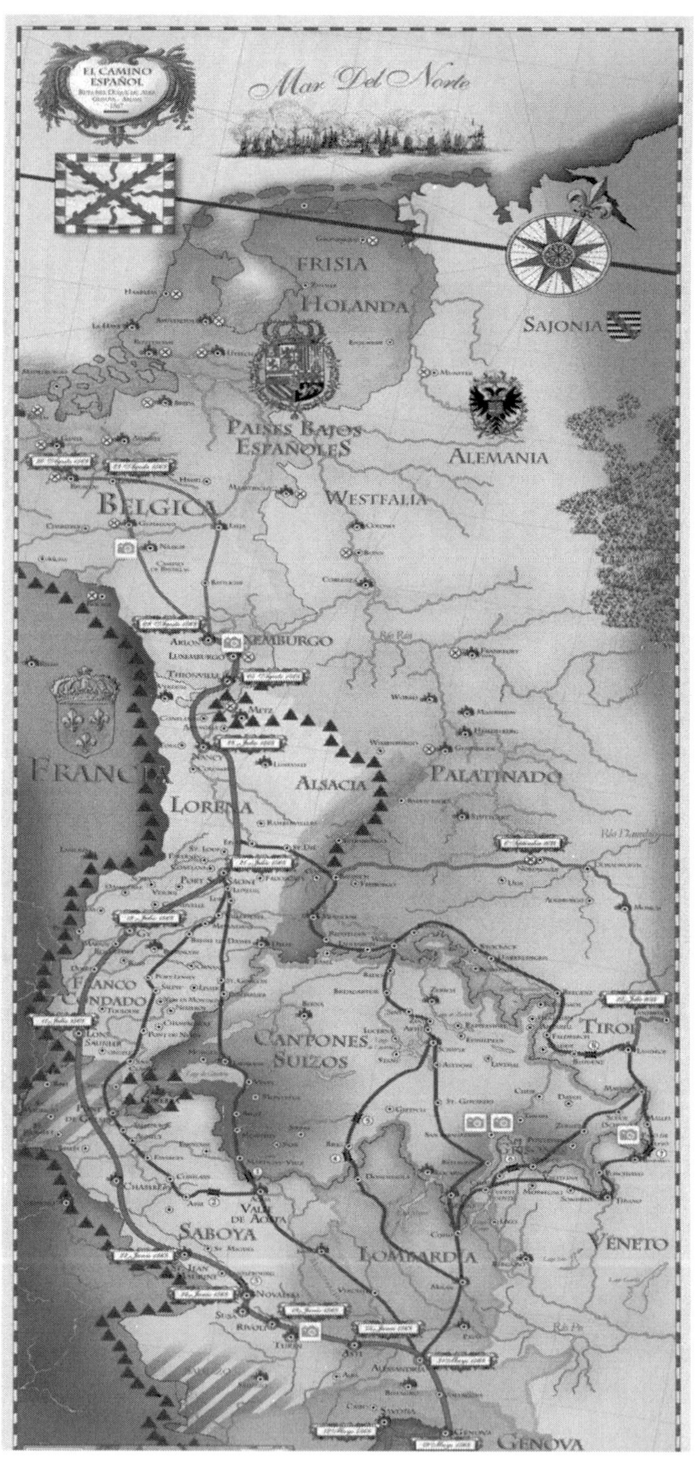
EL CAMINO ESPAÑOL
Mar Del Norte
FRISIA
HOLANDA
SAJONIA
PAISES BAJOS ESPAÑOLES
ALEMANIA
BELGICA
WESTFALIA
LUXEMBURGO
ARLON
THIONVILLE
METZ
NANCY
FRANCIA
ALSACIA
PALATINADO
LORENA
PORT SUR SAONE
GY
FRANCO CONDADO
CANTONES SUIZOS
TIROL
VALLE DE AOSTA
SABOYA
LOMBARDIA
VENETO
NOVALESA
SUSA
RIVOLI
TURIN
ASTI
ALESSANDRIA
SAVONA
GENOVA

VIII. En el camino español

Augusto Ferrer-Dalmau: *El camino español*

Las guerras, en el momento que yo serví en los tercios, se medían por años, y muchos. La Guerra de Flandes aún seguía vigente en 1634, momento en que la tropa que yo formaba, junto con otras, emprendimos el camino desde el Milanesado, como refuerzo, hasta los Países Bajos, que estaba en marcha desde el año 1568, o sea que llevaba en vigor sesenta y seis años en ese momento[9] y, para locura del

[9] El otro nombre de esa conflagración fue Guerra de los Ochenta Años, puesto que no concluyó hasta 1648,

imperio español, existía otra que se podía llamar de Religión[10], aunque trascendía desde hacía tiempo de un conflicto entre protestantes y cristianos para convertirse en una lucha por el control de Europa, en la que intervenían ya muchos países del continente, entre otros unos tan alejados de España como eran Dinamarca y Suecia, lo que supuso en la práctica que nuestro país y el Sacro Imperio Romano estuvieron en liza con una buena parte de naciones extranjeras del continente.

Lo cierto es que yo andaba, con los míos, de camino a Flandes recorriendo el camino español, que tendría el inconveniente futuro de que tendría que atravesar territorio enemigo y, muy probablemente, entrar en batalla contra alguna de sus huestes.

Podría explicar en qué consistía el camino español dando una parrafada, que es muy posible que acabaría aburriendo soberanamente al lector, así que como coincidió que en el viaje emprendido no solo había veteranos, sino una buena parte de novatos, prefiero trasladar a este escrito la conversación que mantuvimos el sargento Blas Gómez y yo mismo, entre otros, con un grupo de bisoños que no entendían por qué teníamos que recorrer casi doscientas

---

[10] El nombre con la que conoció la historia fue la Guerra de los Treinta años, librada entre 1618 y 1648.

leguas a pie por tierra cuando un traslado por mar sería mucho más rápido.

—No se han de dejar de llevar por las apariencias vuestras mercedes —casi regañé yo a los pensaban así—. Desde el norte de Italia, una nao debería llegar primero a la costa mediterránea española, recorrerla prácticamente en su totalidad, luego su litoral atlántica, surcar mar abierto, atravesar el canal de la Mancha, que no tiene nada que ver con La Mancha de nuestra tierra, y llegar finalmente a puerto.

—La explicación que nos ha dado vuestra merced tiene sentido si nuestros ejércitos parten desde Italia —apuntó uno de los novatos, un catalán que se hacía llamar Pere, que no Pedro, Clos, un coselete avispado muy joven que se acaba de alistar—, pero no si saliéramos desde España.

—Hacer tal cosa —le contestó Blas Gómez—, entraña unos peligros que no se dan en el camino español por tierra. Como bien ha dicho el sargento Gutierre Muñiz, ese itinerario supone cruzar el canal de la Mancha, que para quien no lo sepa, es un brazo de mar que transcurre entre Inglaterra y Francia, con nuestros enemigos a ambos lados, lo que acarrea el peligro de ser atacado por cualquiera de sus flotas.

—Además, para los que ignoren también lo que voy a decir ahora —continué yo, casi interrumpiendo a mi compañero—, los calvinistas franceses, a los se les llama hugonotes, aliados también de los rebeldes flamencos, disponen de una armada nada desdeñable de buques piratas, que incluso han llegado a realizar expediciones corsarias con más de setenta navíos en el mar Cantábrico, que aunque yo nunca he estado ahí, sé que es la parte del océano Atlántico situado al norte de nuestro país.

—Una ruta que es impracticable para nuestros ejércitos —continuó Blas—, porque la cuestión de nuestra marcha hacia Flandes es convertirnos en refuerzos de los compañeros ya destinados allí para derrotar a los herejes, no para sucumbir ante otros enemigos en el camino.

—¿No podemos derrotar a un adversario en una lucha en la mar océana según la opinión de vuestras mercedes? —preguntó un borgoñón en muy mal español, por lo que necesitó de un siglo para formular la cuestión hecha.

—Al turco le hemos vencido en varias ocasiones en batallas de ese talante libradas contra sus ejércitos —rezongó el otro sargento—. La cuestión no es si podemos o no rendir a un enemigo embarcado, sino de que las bases de uno de los contendientes estén a tiro de piedra y las del otro muy alejadas del combate. El primero puede recibir un apoyo constante desde sus puertos, mientras que los otros se han de valer con lo que lleven en las naos desde el punto de embarque del que han partido.

Un silencio se hizo entre nosotros. Tanto los reclutas como los veteranos bebíamos la puta cerveza que era popular en el centro de Europa, a falta del mucho más agradable sabor del vino, al relente del aire frío que provenía de las montañas que se llamaban Alpes, aprovechando que, al menos, había dejado de llover.

—El refuerzo por la mar océana ya nos han explicado vuestras mercedes que no es conveniente porque entraña muchos peligros —comentó uno de los soldados, que por su habla era evidente que era andaluz—. La cosa es que el camino por tierra tampoco está exento de ellos. Los herejes están al acecho en algunos de sus trechos que habremos de recorrer, y ya se sabe que los suecos, que están en nuestra contra, jamás han perdido una batalla.

—A los suecos nos los echaremos a la cara —replicó Blas—, cuando los tengamos delante, si es que alguna vez llega a ocurrir tal cosa. Mientras tanto, caminen vuestras mercedes con ímpetu por este camino, que ya holló el duque de Alba hace más de sesenta años para trasladar a sus huestes a combatir a los rebeldes de Flandes, porque estoy seguro de que al ser la primera vez que voacés lo hacen, jamás olvidarán ni uno de los pasos que den por él.

—El camino es un regalo de Dios a nuestro rey —repuso Pere Clos, aunque sin dar muestras de ser arrogante—, pero tal vez vuestras mercedes me permitan hacer una matización a lo expresado por el sargento don Blas Gómez.

—¿Cómo habríamos dos humildes pecadores como somos don Blas y yo mismo tapar la boca del que nos puede enseñar más? —le animé hablar.

—El camino, tal como lo conocemos en este año de Nuestro señor de 1634 —se explicó el coselete catalán, que no podía saber que sería la última vez que se utilizaría, como tampoco lo imaginaba yo en ese momento, y le daba no solo un pasado con su explicación, sino también un futuro inexistente—, no es el que forjó el grandísimo hombre que fue el duque de Alba, por voacés mencionado ha solo un instante. El camino original partía del Milanesado tal como hemos hecho nosotros, cruzaba las montañas llamadas Alpes por el Ducado de Saboya, atravesaba el Franco Condado, Lorena, Luxemburgo, el Obispado de Lieja y el Ducado de Brabante para concluir en Bruselas. —Nos miró fijamente—. Como vuestras mercedes seguro que no ignoran, el duque de Saboya se volvió traidor hace unos años por su alianza con Francia, por lo que hubo que variar el trayecto del camino.

—Voacé tiene razón, don Pere Clos —confirmó el otro sargento—. A partir de ese compromiso citado por vuestra merced entre Francia y Saboya, dado en el año de 1622, los mandamases de nuestro ejército hubieron de variar la ruta. A partir de ese momento, el camino, desde el Milanesado, transcurre por un par de valles suizos, de los que hace tiempo me aprendí el nombre, porque sobre mis espaldas hay ya muchos años en los tercios, Engadina y Valtelina, para llegar al país del Tirol, recorrer el sur de Alemania, vadear el gran río Rin en Alsacia, seguir por Lorena y acabar llegando a los Países Bajos. No es el mismo trayecto que al principio, pero sigue sirviendo igual.

Tras aquella conversación, no pude quitarme de la cabeza al camino en sí durante lo que quedaba de aquel día, incluida la noche, en la que soñé incluso con él.

¿Cuántas veces lo había recorrido ya? Veinte años de servicio en los tercios, más de una, dos, tal vez incluso más de diez. En Flandes había estado ya demasiadas veces, y siempre que combatía allí, aunque casi siempre resultaba victorioso, siempre me invadía la misma sensación, de que por muchas batallas ganadas que obtuviéramos contra los rebeldes, jamás ganaríamos esa guerra. En los dominios del Sacro Imperio Romano Germánico también había luchado, no sé si decir a menudo, pero sí varias veces. Otra convicción me asaltaba entonces, que por mucha fuerza que el rey aplicara para convencer a los protestantes de que la reforma no era más que una apostasía, los herejes lo seguirían siendo porque el conflicto no era una mera cuestión de ver a Dios, a mejor decir de concebir la iglesia que lo amparaba, de una forma u otra, sino de la independencia de unas naciones apresadas por los dictados de un culto predicado desde unas instancias tan lejanas, como era Roma para ellas, y propagar a los cuatro vientos las peculiaridades de una identidad y cultura que no era tenían que ser idénticas en todas las partes de Europa.

Pablo Outeiral: *Reclutamiento de un arcabucero español*

45
54
53
47
49
48
50
46

IX. La vida es un campamento

El oficio y cargo de Sargento es el más necesario,
trabajoso y vigilante, de una compañía de infantería,
y de quien depende todo el cuidado de ella

Martín Eguiluz, capitán de tercio

Jordi Bru: *Campamento de los tercios*

Ahora que estamos de camino a Flandes, la vida de un alistado en un tercio era un campamento, que aunque durante la marcha adquiría un carácter más provisional, durante las batallas prolongadas o los asedios estaban compuestos por un mar de tiendas de lona, que solían acoger cuanto menos a cuatro soldados cada una.

Las dichas tiendas se componían con las telas que cada uno de nosotros llevaba consigo. De ahí, según dicen los sabios, provino la palabra compañero, por el hecho de compartir ese alojamiento precario varios hombres con los paños que cada uno aportaba para alzar un tendal y precarias paredes que nos cobijaban de la intemperie, situada tan solo a un palmo de cada uno de ellas.

El maestre de campo, su sargento mayor, el capitán de una compañía y los alféreces y otros oficiales si los hubiera, contaban con sus propios aposentos, de más categoría según el grado, compartidos o no atendiendo a esto último.

Los sargentos de la tropa, como era mi caso, compartíamos el inexistente lujo con el que se apañaba el resto de la tropa, aunque nuestras tiendas eran de mayor calidad que la de ellos, por supuesto compartidas, de lo normal con otros soldados de mi rango o con algunos cabos. En los campamentos que compartimos ambos, siempre me emparejaba con Blas Gómez, algún otro sargento que no era amigo pero sí compañero y, si podíamos hacerle hueco, con el cabo de escuadra Doménico Ricci, el italiano.

Dentro de lo posible, manteníamos la compostura en lo que a las formas e higiene se trataba, y hacíamos uso de las letrinas que se solían instalar en cada parada, donde nos solíamos aliviar los que compartíamos tienda, porque no era extraño que una parte de la hueste sintiera la vagancia de no acudir a un aparte tan lejano, que en realidad no lo era tanto, se pusiera en cuclillas, se envolviera en su capa para ocultar su vergüenza y se desahogara en cualquier lugar del campamento. Un ingenio muy importante, digno de un ideador al que se debería rendir culto, para facilitar el fin de desprenderse de las aguas que sobraban en nuestro cuerpo, tanto menores como mayores, era la que la costura baja de los gregüescos que todos nosotros vestíamos sin excepción se pudiera abrir con el simple desabroche de unos pocos botones, que evitaba que tuviéramos que estar quitándonos los calzones, anudados en varias partes, para aliviarnos.

Las ropas de las que disponíamos eran tan solo unas, salvo raras excepciones, por lo que dormíamos con ellas puestas, lo que significaba que vestíamos con ella noche y día durante todas las jornadas que los tejidos que las hilaban no permitieran más cosidos ni zurcidos, momento en que se hacía necesario sustituirlas por otras, normalmente robadas a la población del sitio en que estuviéramos en ese momento o utilizando las de un muerto, normalmente enemigo, que no estuvieran demasiado agujereadas o manchadas de sangre. Los afortunados que poseían algo de valor, o creían tenerlo, componían con ellas un hatillo, que casi toda la tropa utilizaba como una especie de almohada o, si no era así, dejaban tan cerca de sí que parecían ser una parte de ellos.

El olor a hombre inundaba no solo la tienda de cada cual, sino a todo el campamento, y eso que para tomar el sueño nos quitábamos las botas, aunque no solíamos sacarlas al raso, cosa que sí solíamos hacer con las armas, colocadas en un orden riguroso, porque de ellas dependían nuestras vidas en el caso de un ataque sorpresa por parte de tantos enemigos como teníamos, en un astillero o armazón.

Un peligro de tal hacinamiento y el disgusto de tantos soldados por el agua y el jabón era que las pestes, me refiero ahora a las enfermedades y no a lo que tiene que ver con el hedor, formaran epidemia entre los nuestros y diezmaran más fuerzas que las ocasionadas por las cuchilladas o el plomo del enemigo. Los cirujanos, los hombres que cuidaban de nuestros posibles males, tenían por eso un especial cuidado en revisar cualquier amago de enfermedad grave, además de tratar las heridas producidas durante los combates, por lo que no sé yo de ninguna plaga que matara de forma ensañada a los tercios.

En Flandes, aunque yo nunca había necesitado acudir a ellos, incluso se habían establecido hospitales para nuestro cuidado, el principal en la ciudad de Malinas. La jodienda de todo este aparente parabién es que sacaba a relucir una vez más la tacañería de los reyes, porque una cosa que tenía que haber sido de gracia por el simple hecho de servirlos, nos era cobrada descontándonos un real al mes de la soldada.

Las órdenes del día a día la daban los capitanes, que también dictaban la disciplina entre los componentes de su tropa. Ellos tenían la potestad de azotar o multar a alguno de nosotros cuando suponían que se había cometido una falta.

Los capitanes, con todo, por su rango y linaje, muchas veces no se asomaban a los hechos de los soldados de la compañía que comandaban. Para esa labor estábamos los sargentos, según muchos los ejes del carro bien dispuesto que deberían ser los tercios.

Un sargento, lo que yo era en ese momento, tenía muchos encargos. Adiestrar a los bisoños, repartir los alojamientos, cuidar del comportamiento de los hombres, sobre todo cuando no estábamos en un campamento y se les alojaba en casas de los vecinos próximas a donde se estacionaba la hueste y así evitar posibles desmanes por su parte, revisar que el armamento estuviera en perfecto estado de uso, organizar los turnos de guardia, realizar las rondas, establecer las marchas y formar los escuadrones de acuerdo a las órdenes recibidas por nuestros superiores antes de entrar en batalla, suministrar las municiones, mandar medias mangas o asistir a las de estas enteras dirigidas por un capitán[11]. Los soldados de los tercios no íbamos uniformados, por lo que para mostrar mi rango en el combate llevaba conmigo una alabarda o una corcesca, los signos que todos distinguían de mi grado.

La insignia que me distinguía era tan fundamental que resultaba del todo improbable que un soldado no la reconociera. A cuenta de esto, narraré un hecho en una batalla que no quiero ni nombrar, porque o no me acuerdo o porque no quiero hacerlo.

El combate necesita de decisiones rápidas, y en ese en concreto, vi a un soldado de buen hacer al que le ordené que se apartase del escuadrón y me siguiese, no sé ahora con qué concreta intención.

—Digo a vuestra merced que no, que no haré lo que voacé me pide —me replicó el que creo que era un coselete, aunque no puedo asegurar que no fuera un piquero, que

[11] Mangas o flancos.

casi seguro que no, o un arcabucero, porque de un mosquetero no se trataba.

La negación a obedecerme dijo él después que fue porque no me reconoció como sargento, cosa harto improbable porque blandía mi alabarda, y yo se la achaqué al miedo de alejarse del grueso de la unidad y así convertirse en blanco fácil del enemigo. Una cobardía que quedó demostrada porque el soldado metió la mano a la espada para acuchillarme, trance que yo impedí apuntándole al corazón con la punta de hierro de mi arma.

Le hice apresar y, poco tiempo después quedó ajusticiado el soldado. El cuerpo del que yo creí un gallina no fue enterrado de inmediato, si es que no se pensó dejarlo para alimento de los cuervos, pues fue subido a un carro con el cartel que rezaba algo así como «por desobediente a los oficiales» para que sirviera de escarmiento para los que podían pensar en repetir su actitud en el futuro.

El alegato que aquel soldado dio tras su prendimiento, el ya dicho que no me reconoció como sargento, que no me había distinguido como tal, me rondó la mollera durante un tiempo por si se trataba de la verdad y se había matado a un hombre inocente.

Hasta que un día le conté a Anselmo mis inquietudes, y él fue tan claro con el argumento que me dio que conseguí sacarlo de mis remordimientos para siempre.

—Tal vez si se hubiera dado el caso de que tú no hubieras llevado la alabarda como insignia —dijo—, fuera verdad lo que él dijo en su defensa. Pero date cuenta de que eso es un imposible, hasta un bisoño de un solo día en el tercio sabe que un sargento se distingue por portar una de ellas o, en su defecto, una corcesca. De esta forma, te diré que lo que movió a ese soldado para hacer lo que hizo fue la cobardía y no el desconocimiento.

El campamento contaba también con la presencia de abundantes capellanes, que yo no frecuentaba, porque como ya he dicho antes en más de una ocasión, yo sí creía en Dios, pero no en el de nuestra Iglesia, y si combatía en el tercio era, sobre todo, por mi fidelidad a nuestro rey.

Como yo, había muchos de los nuestros que de boca decían que combatían por la religión verdadera y en favor del cuarto Felipe, pero lo cierto es que abundaban los hombres que estaban en la milicia por no pasar hambre y, por ende, de la paga que se les prometía por ser soldados y que cobraban solo de cuando en vez, por lo que desde hace dos o tres años, los pagos por parte de la Corona eran tanto en especie como con cuartos contantes y sonantes. Un trato conveniente, porque por poner un ejemplo más de la ruindad de nuestros monarcas es que el haber de un pica seca, el escalafón más bajo de un componente del tercio, tenía asignado desde hacía cien años el mismo sueldo de tres escudos, por lo que es fácil imaginar lo que podía ocurrir con los de los demás.

La Corona, que solo miraba por el rey y los suyos, por lo que nunca sabré explicar mi fidelidad a una monarquía tan distanciada de sus súbditos, tuvieron otro motivo egoísta al implantar los pagos de la mitad de los haberes en especie, que no fue otro que evitar la picaresca de ciertos capitanes, que alistaban a soldados fantasmas, que no existían, para quedarse ellos con sus pagas.

El jornal que en 1534 era cuantioso, se convirtió en miserable un siglo después, ni a mí ni mis compañeros nos llevaba ni para comer. Tampoco la concesión de ventajas, que eran una especie de pluses que se concedían a los miembros de la tropa más distinguidos por su valor y otras actitudes castrenses de mérito, solucionaban nuestro problema, siempre magnificado porque los cuartos nunca llegaban en fecha.

Los cuartos eran pocos y se caracterizaban por la impuntualidad en su llegada a las bolsas de los soldados. El problema era que sin las guerras muchos de nosotros caeríamos en la inopia, no en vano la vida era hostil para casi todo el mundo y habríamos de malvivir o dedicarnos a la vidorria. Una solución para permanecer en donde estebábamos, que era la existencia que pretendíamos tener porque a la mayoría les gustaba, no sé si incluirme yo entre estos o no, a pesar de la continua presencia de la parca haciéndonos sombra, era desvalijar a los caídos en los campos de batalla, preferentemente enemigos.

Cualquier cosa podía convertirse en botín. Armas, dinero, ropas, calzados, joyas e incluso viandas. Todo esto a pesar de que nuestros mandamases prohibían a la tropa detener el combate, incluso alguno de los nuestros se desentendió de él para desvalijar a los muertos y heridos, por lo que empezó a ser habitual que aquella tarea fuera destinada a los pajes, que invadían en tropel el campo de batalla tras los soldados, e incluso a la par de ellos, para hacerse con los tesoros dejados por el enemigo. No fue raro que a los muertos se les dejara en cueros, porque todo parecía servir como botín.

Mal pagados y con retrasos en los abonos y, para más inri, con el sueldo teníamos que pagarnos la comida. El pan de munición era nuestro manjar, porque era la única manduca que abundaba en los campamentos. Se cocinaban, según se nos contaba, con trigo y cebada, aunque eso era un decir, porque pícaros no éramos solo los españoles, los había por todos lados, y si hasta los capitanes pretendían robar imaginando soldados engrosados en sus compañías, ¿por qué no lo iba a hacer un tahonero? Así que si se podían escatimar cereales para que cumpliera el proveedor de víveres de los tercios con la entrega a cada cual de libra y media del mismo al día, más cuartos se ganaba, por lo que en la mezcla con la que se preparaba el pan se añadían, además de los bichos de cualquier forma, manera, tamaño y color, no era raro encontrarse en un mordisco pegotes de harina cruda, yeso, serrín o tierra, y no sé si los panaderos que más nos odiaban ponían mierda.

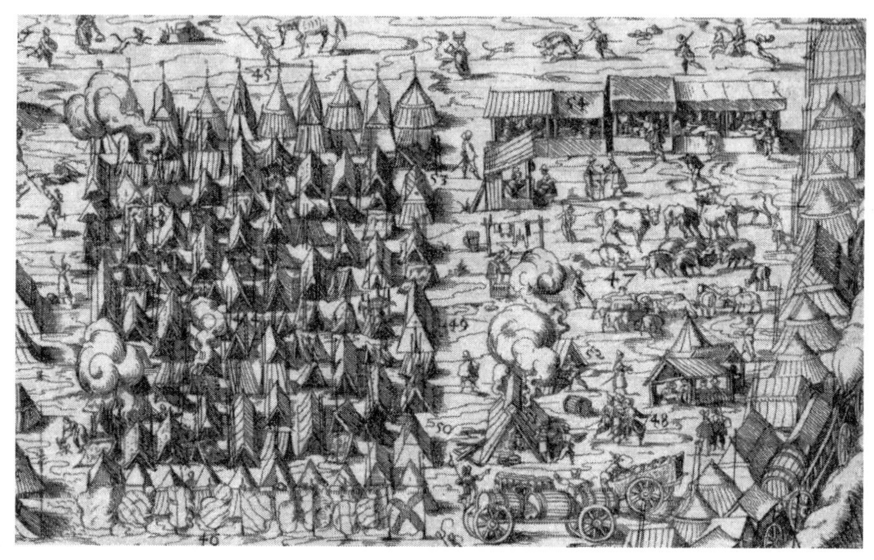

Autor Desconocido: Extraído del diario ABC del día 29/09/2021, artículo de Manuel P. Villatoro

Alberto Durero: *Emperador Carlomagno* (hacia 1512)

Otón I rodeado por las cuatro provincias de su imperio. Manuscrito iluminado del siglo XI

X. El Sacro Imperio Romano Germánico

Desde que aprendí a leer y aproveché esa nueva sapiencia para utilizarla con muchos libros, cuando tenía disponibilidad de ellos expresados en castellano o italiano, y no en esas otras lenguas inventadas por el diablo, que eran en las que se entendían flamencos, alemanes, ingleses y los países que se llamaban escandinavos; perdonen mis lectores que me haya ido por las ramas, que ya retomo el hilo de lo que a vuestras mercedes quería contarles, que cuando aprendí a leer, mi persona, tras conocer las odiseas y otros mundos que no había visto con mis propios ojos en las páginas impresas, me volví de natural curioso.

Una de las cuestiones que más me interesaba era el porqué España tenía tantos enemigos y un solo amigo en todas las alianzas entre las naciones en las guerras.

Anselmo Fuentes tenía casi siempre la respuesta adecuada para cada pregunta que le hacía, porque como ya he dicho de él era un hombre instruido a pesar de ser tan solo un coselete.

—Porque España es un imperio y ellos quieren serlo en nuestro lugar —respondiome cuando por mil y una vez expresé mi extrañeza.

Admiraba a Anselmo por la gran capacidad que mostró tantas veces en expresar tanta sabiduría en tan pocas palabras. Y yo, como era mosca cojonera, al escucharle darme una contestación tan sencilla y clara, le repetí la presunta que no le había hecho esas mil y una veces que numeré antes, pero seguro que se aproximaban a las cien. ¡Cuán exagerado era yo, porque si hubiesen sido tantas, seguro que me habría retirado la palabra ha muchos años!

—¿Por qué no has querido nunca ascender desde soldado, cuando todo el tercio cree que podías haber llegado, por las luces que posees, a oficial, o incluso capitán? —la diatriba de siempre, formulada con parecidas palabras.

Aquella vez si se avino a contestarme de una forma clara y precisa, no con encogimientos de hombros o medios decires como siempre había hecho hasta entonces.

—El seso, escrito con ese y no con equis, está para otras cosas que no son estrategias o conformar campos de batalla con las huestes que están bajo tu supuesto mando —dijo—. La guerra me da de comer, pero que nadie espere que ocupe un pensamiento en mi cabeza más allá del que no sea matar o no ser matado.

Los últimos días, incluso antes de partir de Milán, le vi muy entretenido en conciábulo con los alemanes, cuya parla entendía mejor que hablaba, aunque era capaz de darse a entender cuando la utilizaba.

Le pregunté por ese interés repentino por los tudescos y volvió a responderme con criterio.

—Lope, bien sabes que yo he combatido sobre todo contra el turco y en Flandes —fue su explicación—, y estoy convencido que este camino que hemos emprendido nos conducirá a pelear contra otros ejércitos de herejes que yo no conozco y que son, en una buena parte, compatriotas de los alemanes que nos acompañan en nuestros tercios, por lo que pretendo conocer más del enemigo que tendremos enfrente y del terreno que he de pisar, por si mi vida llegara a depender de algo que yo no sepa, porque como te he dicho ya antes, reconozco que en lo referido a las gentes teutonas, su carácter, hábitos, costumbres, e incluso de cómo es su país, soy un verdadero ignorante.

—Entiendo que quieras saber qué terreno pisas —aún no entendía del todo lo que pretendía—, pero no sé si nuestros alemanes sabrán mucho sobre la historia del país donde nacieron, y ni si eso tiene importancia en lo que nos puede caer encima si finalmente entramos en combate. Porque si me miras a mí, te diré que yo soy natural del corazón de Castilla la Nueva y no sé de la crónica de España más allá de los cuatro hechos básicos que me hacen sentir del país en donde fui parido.

—No te hace falta razón en lo que dices —otorgó Anselmo—, pero en esta ocasión hemos tenido la fortuna de que esté en el tercio Paul Netzer, un sargento como tú, aunque él degradado desde alférez, que es un verdadero erudito.

—Como lo eres tú.

—No lo soy tanto. Solo soy un poco más que un curioso, algo en lo que, para mi regocijo, estás empezando a ser tú.

Desde aquella jornada no dudé en unirme a Anselmo y al grupo de alemanes cada vez que mis obligaciones me lo permitían y me vencía la gana, que ocurrió muchas veces. Pronto, la camarada entera nos siguió los pasos y, aunque he de confesar que casi siempre que iba, me enteraba de la misa la mitad, porque me costaba mucho entender lo que los tudescos decían en nuestro idioma, reconozco que disfruté de aquellas tertulias que fueron la envidia de todo el tercio, porque si en nuestra camarada ya éramos de nacionalidades muy diversas de antes, pues contábamos en ella casi con la mitad de compañeros que no eran españoles, entre el italiano, el par de borgoñeses, Janin Gossaert y Jacques Jadot, Pablo Filemón, el renegado turco, que era el más católico de nosotros si atendíamos a la exarveración con la que practicaba la religión verdadera, o al menos con más ímpetu que yo mismo, que ya he dicho que lo de verdadera tras la palabra religión no lo tenía yo a tan buen seguro.

Paul Netzer era un hombre de pocas carnes, lo que no había que interpretar con que fuera un alfeñique, porque sacaba siempre en combate una fuerza que parecía brotar del nervio que le poseía que de un aporte físico. Años tenía muchos, al menos una decena más que yo, lo que le acercaba a los cincuenta cumplidos, que siempre se hacía acompañar por un hombre aún más anciano que él, que según pude ver en el campamento, le hacía también de criado sin que Netzer se lo pidiera.

El sargento alemán y el decrépito Sigmund Maier, del que descubrí pasado un tiempo que era helvético y no tudesco, además de los encuentros de todos, a veces hacían apartes con Anselmo y conmigo, a los que podía asistir Blas Gómez o el italiano o no, casi nunca el resto de los nuestros o de los suyos, que preferían pasar el tiempo dejándolo pasar delante de una amarga cerveza.

Netzer y Maier, este dado mucho menos dado a hablar si no le pedíamos el resto que metiera baza, sabían bastante más de lo básico sobre lo que era el Sacro Imperio Romano Germánico, nuestro natural aliado, sobre todo por los vínculos sanguíneos de los Habsburgo que solían ser nombrados como sus emperadores y por la defensa a ultranza que del catolicismo habían emprendido los dos imperios.

—El Sacro Imperio Romano Germánico es el intento de gestación de un sueño —exclamó con ardor el alemán—, el sueño del imperio romano que tuvo bajo su dominio a una buena parte del continente europeo, entre otros territorios.

—Un deseo contemporáneo de cada una de las épocas de su vigencia —añadió Anselmo entre medias de un trago de cerveza, por lo que no se le entendió muy bien.

—Sí, maese soldado —continuó Netzer, que hablaba la parla española mejor que alguno de los de nuestra propia patria—, tiene razón vuestra merced. Una pretensión esa de mis compatriotas que a una persona cabal le costará sobremanera entender, porque en realidad la emulación de la antigua Roma no le vino al Sacro Imperio Romano Germánico como caída del cielo, sino por imitación de un propósito anterior proveniente del gran Carlomagno, un monarca franco que fue rey de estos en primer lugar, de los lombardos después también, para luego forjar un imperio en buena parte de la Europa de occidente y central, además de Italia hasta los Estados Vaticanos, de cuyos gobernantes, los papas, fue un enfebrecido defensor.

—No sé mucho de esa parte de la historia —intervino Anselmo—, pero si no estoy equivocado, de uno de estos consiguió que le nombrara emperador romano.

—No recuerdo el nombre de ese papa —confirmó el teutón—, pero he de decir que sí que fue coronado como tal por el que portara el bastón de San Pedro en ese momento[12].

---

[12] El papa que lo entronó fue León III.

—Yo no soy tan ilustrado como vuestras mercedes —añadí entonces lo que la lógica me dictaba—, pero no deja de parecerme una gilipollez, perdonen voacés —me dirigí al alemán y al helvético en primer lugar— y a vosotros, mis compañeros también, aunque estéis acostumbrados ya a la jerga de la milicia —ahora me disculpaba con Anselmo, Blas y el italiano Doménico, todos ellos presentes ese día en la conversación que estoy contando—, por la vulgaridad de mi lenguaje, porque no he encontrado una palabra ni antes ni ahora para sentir lo que pienso… decía que me parece de gilipoyas que un bárbaro, que es lo que un franco era según el criterio de los latinos a los que parecían tanto añorar como emular, cuando ellos fueron uno de los causantes de la caída del imperio romano, referido al que ocupaba el poniente de aqueste continente, en lugar de luchar con toda su fuerza por él cuando correspondía para mantenerlo en vigor.

—Como también escapa a mi entendimiento —prosiguió Netzer—, que cuando el imperio formado por Carlomagno decayó, el término «romano» lo retomaran los germanos, que no son otra cosa de lo que soy yo, cuando el rey primero de nombre Otón fundo el Sacro Imperio Romano Germánico como casi lo conocemos ahora, aunque ya sin contar con los territorios galos que conformarían el reino de Francia ni tampoco con los italianos.

—En defensa de esos pueblos bárbaros a los que os habéis referido vos —habló ahora Sigmund Maier, con su marcado acento que demostraba, como era lógico suponer, que su español era aprendido a trompicones y no por gusto, sino por obligación—, y aunque sé que lo que voy a decir les parecerá fuera de todo propósito por el que se guía esta conversación, entender lo inentendible que es el Sacro Imperio Romano Germánico, diré que esos antedichos pueblos bárbaros, que no son otra cosa que godos o más modernamente dicho germanos, alemanes, tudescos o teutones, de los que estoy seguro que desciende mi estirpe y, por tanto, estimo que debo salir en su defensa, diré que cuando Odoacro, de parecido origen a maese Netzer y a mí mismo, aunque naciera dentro de las fronteras del imperio, en la Panonia, derrocó a Rómulo Augústulo en lo que el mundo conoce como caída de Roma, nunca pretendió que este dejara de existir aunque ya no reinara en casi ningún lugar en la práctica a excepción de Italia desde hacía muchos años y que Odoacro quiso seguir siendo césar y, de hecho, fue *rex* de Italia en nombre del emperador Zenón, establecido en Constantinopla, el único con el título de emperador en ese momento en toda Roma y que, de hecho, le otorgó el nombre de Flavio para anteponer al suyo de Odoacro.

—Culpables o no —atajé tanta disertación histórica alejada de lo que realmente Anselmo y yo queríamos saber—, he de decir ahora que me importa una higa la responsabilidad de lo ocurrido hace más de mil años atrás. Aunque eso no significa, ni por asomo, que no me plazca oíros hablar, don Sigmund, cada que vez que lo hacéis —no mentía—, aunque aladeéis tan poco de ese don que, cuando os escucho, haya de reflexionar unos breves instantes para reconocer quién es quién es el orador.

—No sé si vuestra merced me elogia o me vilipendia —le salió muy bien al helvético el timbre de asombro al pronunciar estas palabras.

—Lo primero de ello, no debéis dudar voacé de ello —le tranquilicé con un tono de voz franca—. De hecho, de vuestro parlamento hay una parte que me gustaría que me explicarais, porque yo debo de ser un menos entendido que muchas de las mercedes aquí presentes.

—En lo que pueda servir a voacé, no dudéis en ningún momento de que lo intentaré hacer.

—¿Qué significa, para vos, que sea ininteligible el Sacro Imperio Romano Germánico?

—Que no es más que un nombre, no una nación.

—Agrupa a varias de estas bajo la corona de un emperador —añadió Netzer—, que en realidad no manda todo lo que debía, sino que aglutina una idea. Pero si alguno de los estados que lo conforman que, por supuesto, cuentan con sus propias políticas internas y externas, quiere emprender un camino que no sea el común del imperio, lo hace. Si ya he dicho que ser emperador es poco más que un título, que cuenta con diversos príncipes según el territorio del que se trate, que la Dieta Imperial no es más que una asamblea de estos mismos príncipes, ya sean curas o seglares, que no legisla con ámbito de palabra hecha en todo el imperio, estamos ante un ente indescifrable.

—Lo que significa —habló Blas, que no solía meter vela en estos entierros—, que el nombre imperio para referirse al Germánico Romano es más nominal que otra cosa.

—Algo más que eso es, estoy seguro —opinó Anselmo—, cuando el propio Alfonso X, nuestro rey sabio, y antes y después, muchos monarcas o parientes suyos han pugnado por ser elegidos emperadores de él.

—El prestigio y la notoriedad —apuntó el italiano Doménico—, que el pavonearse nunca ha estado de más para cualquier noble o rey cristiano.

—Católico, diría yo —maticé.

—O del cualquier credo o religión remota —apuntó el turco.

—Por eso ha triunfado eso que denominan reforma —apuntó Netzer— en alguno de los estados alemanes, cuando no es más que una pamplina inventada por esos hideputas de Lutero o Calvino para que cada iglesia creada por su influencia y deseo dependa de cada principado y no de la autoridad divina de los papas.

—Sin olvidarse del octavo Enrique, rey de Inglaterra —puso aún más el dedo en la llaga el bueno de Anselmo, que ya he dicho que de beato tenía más de lo necesario—, que se desvinculó de Roma porque quería divorciarse, ¡qué palabra más horrenda!, de Catalina de Aragón, hija de los Reyes Católicos, con la que llevaba más de veinte años casado y se iba haciendo vieja sin darle descendencia de un varón que viviera más allá de un breve tiempo y que no podía competir en ardores con Ana Bolena, amante del monarca, dieciséis años más joven de la que tenía que haber sido siempre su esposa, para poder romper ese sagrado sacramento, al no serle concebida su nulidad por el papa del momento, y poder casarse con esa puta que compartía su lecho cuando era menester, todo para que sus nuevas nupcias no duraran más que un poco más de tres años, cuando hizo prender a la furcia de la Bolena, acusándola de adulterio, y la llevara al patíbulo para cortarle la cabeza. Tanto ruido para tan pocas nueces, una locura absurda que llevó al octavo Enrique a crear una herejía que ayudó a joder a la religión verdadera en un momento tan delicado como el que estaba pasando ahora.

—Si no quieres ya a tu esposa —comentó el helvético—, o ella ha dejado de amarte a ti, ¿no dice la lógica que el matrimonio que los une deba anularse?

—La cabeza me dice que sí —dije, y de reojo vi el gesto de espanto de mi amigo Anselmo al escuchar mi alegato—, pero lo cierto es que no estamos de camino hacia Flandes para discutir cosas de religión, sino para combatir contra unos traidores que reniegan del mandato del rey que debe gobernarlos por linaje de sangre, nuestro cuarto Felipe, y que en el camino nos encontraremos enemigos que no tienen nada que ver con nuestro mandato, entre ellos el que parece invencible ejército sueco, un país que ni siquiera sé situar en una mapa, lo que significa que mataré a unos cuantos de ellos y procurar que ellos no hagan de mí un cadáver, que sé que es una palabra apenas utilizada en nuestra parla, todos sabemos qué significa.

Frank O. Salisbury (1874-1962): *El proceso de la reina Catalina de Aragón*, estudio para un mural en las Casas del Parlamento (detalle)

Ferdinand Pauwels: *Martín Lutero clavando sus noventa y cinco tesis en una puerta de la iglesia de Todos los Santos de Wittenberg* (1872)

Adolf Rosenberg: *Uniformes militares de las tropas de la Guerra de los Treinta Años.* (1905)

XI. La otra guerra

Sebastian Vrancx: *Soldados saqueando una granja durante la Guerra de los Treinta Años* (1620)

Aprovechando que el Pisuerga pasa por Valladolid, siendo el primero un río y la segunda una de las ciudades más importantes de España e incluso la capital del reino durante unos pocos años, dicho esto último para los menos duchos en geografía y en villas, el tema de la conversación de nuestra camarada con la que formaba Netzer, Maier y algún teutón más, derivó desde el Sacro Imperio Romano

Germánico, a partir de estas últimas palabras que tuve a bien decir, y durante los siguientes días, hacia lo que cada uno de nosotros sabía sobre esa guerra que no era la de Flandes y que tenía embarcada al continente entero desde el norte hacia el sur y desde oriente hasta poniente.

En razón tenía que ver la contienda en marcha con el tema del Sacro Imperio Romano Germánico, porque la mayoría de sus batallas se estaban emprendiendo en su territorio, en la que estaban también interviniendo o lo hicieron en el pasado ingleses y escoceses, franceses, italianos, venecianos, bohemios, dinamarqueses, suecos, polacos, rusos, húngaros, transilvanos, croatas, albaneses, irlandeses y otros hombres cuyo origen no recuerdo ahora, porque si son de importancia, surgirán cuando deban hacerlo en este relato.

Una definición tan simple como amplia al mismo tiempo, diría que esta otra guerra fue un conflicto entre católicos y protestantes, aunque por la diversidad de sus participantes, los territorios que iban abarcando estos y otros argumentos que se fueron echando al saco de las motivaciones de las naciones implicadas, era evidente que trascendieron al apoyo a un credo u otro, más si tenemos en cuenta que los que creían en Dios de una u otra forma no siempre estuvieron todos ellos de tan solo una parte, cuyo ejemplo más evidente era Francia, católico país que muchas veces luchó aliada con los herejes e incluso buscó alianzas con el turco.

—En su principio —Anselmo volvió a hacer uso de palabras sabias, las justas para explicar en qué berenjenal se había metido Europa, una conflagración que estaba devastando una parte significativa del continente—, esta puta guerra fue un conflicto de carácter religioso limitado a dentro de las marcas del Sacro Imperio Romano Germánico, donde las tensiones entre católicos y herejes llevaban existiendo desde hacía un siglo.

—¿Y ahora? —preguntó Pablo Filemón, el renegado turco que había cambiado de religión, desde el islam al catolicismo, que había remplazado su gracia original por esa cristiana; había elegido como primer nombre Pablo por el apóstol, por ser originario de Anatolia, y el apellido Filemón por el santo rumí, como decía él, que fue en los albores de nuestra religión el preceptor de la iglesia de Colosas, un lugar también situado en el actual imperio otomano.

Miré al renegado con ojos de sorpresa, porque el hecho que él estuviera en la conversación era insólito, más aún que tomara la palabra.

—Lo que sabemos todos —respondió mi mejor amigo—, que tras la religión se esconde la ambición del poder y son muchos príncipes y reyezuelos que creen que pueden regir una nación, o expandir su tamaño, y aprovechando la coyuntura de que las aguas andan revueltas, guerrean con su vecino alegando una excusa que no se cree ni él mismo, para conquistarlo o reemplazar a su gobernante en el trono.

Paul Netzer, por sus orígenes alemanes y la nutrida experiencia que da la edad y los años batallando, contó entonces, mediante una larga disertación, lo que en realidad había sucedido en su país, que es como él definía al Imperio.

El teutón confirmó, en primer lugar, las palabras que había dicho Anselmo, cuando explicó por lo que él creía que se estaba llevando a cabo esta puta guerra. Las hostilidades se dieron en un principio como una especie de guerra civil entre católicos y protestantes, a raíz de las tesis de Martín Lutero, dentro del Sacro Imperio Romano Germánico, que nos recordó que abarcaba unos trescientos entes de poder, porque era una forma de puja entre los que querían que todo siguiera como siempre y los que estaban hasta los cojones de eso mismo en particular, y los Habsburgo y los papas que los apoyaban en general.

—Un absurdo —afirmó el alemán con total convencimiento—, porque las disputas de la Iglesia entre reformistas y contrarreformistas tienen más de un siglo de vida, porque no debe olvidarse que ese malnacido de Lutero clavó sus noventa y cinco tesis para cambiar el dogma cristiano, en la iglesia del palacio de Wittenberg, en una fecha tan tardía como es el año 1517.

—¿Por qué malnacido? —pregunté yo.

—Porque todo lo que predicó no tuvo otro impulso que su afán de protagonismo. ¿No está vuestra merced de acuerdo con lo que digo de él?

—No de acuerdo ni en desacuerdo. No he tenido el gusto, o según la opinión que tiene voacé de él, el disgusto de conocerlo. Y si soy un entusiasta de saber del pasado en este momento es en buena parte debido a que tengo por costumbre conocer al enemigo con el que he de enfrentarme mañana en la batalla —mentí en parte, porque no era ese, ni de largo, el único afán que me movía a ser curioso.

—La excusa que Lutero se buscó para llevar a cabo lo que él llamó reforma de nuestra fe —continuó Netzer—, fue su oposición a las indulgencias. Pero, ¿quién no ha sido alguna vez crítico con su concesión?

—¿Qué es una indulgencia? —preguntó el turco Filemón—. Porque yo he leído todas las sagradas escrituras para ser un buen cristiano y nunca he encontrado ese término en la palabra de Dios.

—Un remedo de la Iglesia verdadera para obtener dineros —así habló Anselmo para mi sorpresa, porque como ferviente creedor en el dogma católico, era muy extraño que él criticara alguno de sus preceptos—. Una indulgencia, por decirlo de alguna forma que no parezca de un eruditismo que yo no tengo, es algo así como la compra de perdones de castigos por pecados cometidos, de los que ya no existe culpa, porque esta se redime con el sacramento de la confesión, pero de los que sí queda una penitencia por cumplir para la redención y obtener el cielo.

—Tú que eres moro, Filemón —intervino Blas Gómez— no conoces los recovecos de la parla castellana. Por eso, es muy probable que no hayas entendido del todo lo que nuestro compañero ha intentado explicar. Será mejor que te ponga un ejemplo para que te enteres del todo. Un hombre absuelto por el sagrado don de la confesión tiene que cumplir con la penitencia que el cura le pone para obtener su redención. La extremaunción es algo así como la última confesión de un cristiano antes de morir. Con ella, queda libre de pecado y no va al infierno, pero ha de cumplir con la pena que su vida en la Tierra le ha creado, siempre que no haya sido la de un santo, antes de ir a cielo, por lo que muchos de los hombres y mujeres que caminan por el mundo han de pasar por el Purgatorio. Si se compra una indulgencia, se reduce el tiempo de condena en él, si se tiene el dinero suficiente, incluso se puede redimir toda ella de golpe.

—O si sigues vivo —hablé yo ahora—, y no estás seguro de que tu vida sea del gusto de Dios tal como la estás llevando a cabo, una indulgencia comprada te ayudará a enderezar ese camino que incluso a uno mismo no le acaba de convencer.

—Las indulgencias, como decís vosotros, los españoles —retomó la palabra el teutón Netzer—, son más falsas que un duro sevillano, pero en cada uno está comprárselas y tomárselas, o simplemente ignorarlas. —Hizo una pausa y le dio un tiento de media jarra a la cerveza que se estaba tomando—. El problema de las indulgencias es que se ha hecho tráfico de ellas por todo el Sacro Imperio. Un fraile, dominico para más detalles y del que tengo parte de su sangre corriendo por mi ser, pues era pariente lejano mío, de nombre Johann Tetzel, o Dietze, Dietzel y más, según lo evoque, tuvo el encargo papal de vender las ya muchas veces dichas indulgencias por los también susodichos estados del imperio, con el único fin de recoger muchos dineros para realizar las obras de la proyectada basílica de San Pedro, en la ciudad de Roma y, de paso, comprarle un obispado a Alberto de Hohenzollern, un noble fiel al papa, y permitir, cómo no, que Su Santidad y su corte mantuvieran su vida de lujos.

—Si todos pensamos que las indulgencias son una prebenda de pésima reputación para la Iglesia —dije yo tan tantas pláticas de otros—, ¿por qué no darle la razón a Lutero y dejar de otorgarlas?

—Porque la herejía de ese malnacido, al que creo que estamos nombrado demasiadas veces hoy sin merecer que lo fuera ni tan solo una —Anselmo sacó a relucir su fervor dogmático—, no se basa tan solo en que las indulgencias sean un abuso de poder y una mentira ajenas al evangelio, sino que en las tesis que clavó de modo supuesto en la puerta de la iglesia en que servía, también acusaba a la Iglesia de avara y pagana, por inventarse sus propias normas. Todo esto sin cuestionar en ningún momento la autoridad papal para conceder indulgencias.

—La imprenta ha sido un gran invento para la mayoría de las intenciones para las que fue concebida —arguyó el helvético ahora—, pero uno muy malo para este caso en concreto, porque hizo que las tesis del hideputa de Lutero se propagaran por toda Europa en pocos meses, lo que hizo que muchos príncipes y nobles las utilizaran como arma política para conseguir añadir al mucho poder que ya tenían ser la cabeza de su propia iglesia.

—De ahí vinieron las primeras guerras mal llamadas de religión que sacudieron las entrañas del Sacro Imperio —explicó Netzer, que cada vez que hablaba sentaba cátedra—, no sin antes hacer un último comentario del que nombraré como gran hereje y no por su nombre, porque creo que don Anselmo sabe muy bien lo que se dice y hoy se le ha citado por su gracia y apellido muchas más veces que las que merece. Diré de él que no tenía toda la razón el papa León X cuando dijo de su persona que era «un borracho alemán quién escribió las tesis»[13] y es evidente que tampoco estuvo muy lúcido al concluir que «cuando esté sobrio, cambiará de parecer»[14], porque la apostasía promovida por él ha tenido más repercusión de la que sin duda merece.

[13] Palabras textuales.
[14] Palabras textuales.

Sobre todo porque Lutero, de hombre justo y cabal no tenía un ápice, puesto que tras el cisma por él provocado siguió escribiendo como si de un nuevo mesías se tratara y, cuando se produjo la Revuelta de los Campesinos[15], provocada por sus propios argumentos, que hicieron mella en el pensamiento de los labriegos que se levantaron, aunque en un primer momento se mostró neutral con respecto a ella, no tardó en redactar su *Contra los campesinos asaltantes y asesinos*, que a pesar de los matices introducidos en su título, mostraba en su contenido la evidencia de qué parte estaba el que algunos proclamaban como corrector de injusticias, a favor de los príncipes y nobles que le protegían. En ese texto decía lindezas como «todo el que pueda debe aplastarlos, degollarlos y ensartarlos en secreto y abiertamente, lo mismo que se mata a un perro rabioso. Por eso, amados señores, acudid en ayuda nuestra, salvadnos, que todos cuantos puedan hieran, golpeen y degüellen, y si alguien alcanza la muerte, bienaventurado de él, pues no puede existir muerte mejor»[16].

—Supongo, mi señor —volvió a hablar Anselmo—, que también os queréis referir a lo que me he permitido

[15] Producida entre 1524 y 1525.
[16] Palabras textuales.

hurtaros de hablar con estas palabras que estoy diciendo ahora, que no es otra cosa que a otra de las evidencias que demuestran que ese gran hereje se estará quemando en este mismo momento en el infierno, no tan solo por el cisma que sus absurdas tesis, tan alejadas de la lógica de Dios, han provocado, o por las consideraciones reflejadas en su *Contra los campesinos asaltantes y asesinos*, sino también por su forma de ser hasta el fin de sus días, porque ya estoy hablando de otro de sus escritos de esa época de su vida, el *Sobre los judíos y sus mentiras*[17], que aunque es bien cierto que ningún cristiano verdadero simpatiza con los hebreos y los españoles los echamos del país cuando gobernaban los Reyes Católicos...

—Por ese motivo, maese Anselmo, considero que es conveniente que siga yo contando las barbaridades con respecto a ellos que un hombre que fuera bueno de verdad jamás diría —lo interrumpió Netzer.

—Que así sea —consintió mi amigo.

—No quiero decir allende unas pocas cosas sobre ese libelo —continuó el teutón—. Que no se puede alentar a las gentes a quemar sinagogas, destruir libros judaicos, prohibirles predicar su credo, aplastar y destruir sus casas, apro-

[17] De 1543.

piarse de sus bienes, confiscar su dinero y forzar a esos gusanos venenosos, utilizo sus propias palabras, a realizar trabajos forzosos, o matarlos o expulsarlos de los países que para él no son los suyos. —Hizo una pausa para mirar uno a uno a los españoles que estábamos allí con él—. Y a pesar de que la nación de donde proceden vuestras mercedes ya hicieron esto último —se refirió a nosotros como era menester—, no es de hombre sensato asentar un sentimiento antihispánico entre los alemanes cuando pretende actuar como ellos en lo que a ese aspecto se refiere.

Se hizo un silencio grueso que solo yo osé interrumpir pasado un buen momento.

—Si no me equivoco —dije—, aún hay una última cuestión sobre la que vos queríais hablar.

—Sí, y con esto termino —confirmó el teutón—. Los enfrentamientos y guerras que sacudieron el Sacro Imperio Romano Germánico habían parecido terminar cuando la inteligencia de vuestro rey Carlos, el primero de España, y también a su vez nuestro emperador, el quinto de Alemania con ese nombre, promovió la firma de la llamada Paz de Augsburgo, de 1555 si no recuerdo mal, según la cual a los católicos y a los protestantes se les impedía el uso de la fuerza para imponer sus dogmas. Los príncipes alemanes podían elegir la religión de sus dominios de acuerdo a sus creencias, sin que nadie fuera obligado, ni ellos ni sus vasallos, a renunciar ni cambiar de credo. Hasta que llegó el año del señor de 1618 y, con él, la revuelta bohemia.

Karl Plinke: *La confiscación del saco de pimienta* (1894)

Autor Desconocido: *Fernando II* (hacia 1615)

Defenestración en Praga. Imagen publicada en el periódico finlandés Kyläkirjaston Kuvalehti el 31 de diciembre de 1889

XII. La revuelta bohemia

Peter Snayers: *La batalla de la Montaña Blanca en Bohemia* (hacia 1620)

El citado año de 1618, el Sacro Imperio Romano Germánico no era en sí un estado propiamente dicho, aunque tomado como tal, se lo podía definir como formado por muchas razas, o mejor decir etnias, porque todos sus miembros eran blancos, de muchas parlas distintas y, desde la Paz de Augsburgo, de diversos credos religiosos.

En el territorio que abarcaba había príncipes electores, los más importantes, de los que solo había siete, que eran los que elegían al nuevo emperador cuando había fallecido el anterior, príncipes imperiales y las llamadas Ciudades Imperiales Libres.

Bohemia, en la fecha indicada, era uno de los electores más importantes del imperio y, según dicen, uno de los más habitados del mismo, sino el que más, envuelto en un conflicto constante entre católicos y protestantes por el surgimiento, amparado en la doctrina de esos últimos, del nacimiento de un nacionalismo de un pueblo eslavo llamado checo.

La disputa entre el Sacro Imperio y los bohemios vino por la proclamación de Fernando de Estina, un Habsburgo que era un católico convencido, como rey del país, que ocupó ese honor con el nombre de Fernando I, sucesor en el trono de un primo suyo, Matías II, también un Habsburgo, por lo que su elección como monarca de Bohemia debía pasar como algo natural y si no fue así fue porque la nobleza del reino era en su mayor parte luterana y temían que con el nuevo soberano tuvieran que retrotraerse al catolicismo.

Fernando I no disimuló en ningún momento sus propósitos, puesto que entre otras cosas prohibió la construcción o el acabado de las que estaban en marcha, de nuevas iglesias protestantes.

La decisión del monarca motivó que los perjudicados denunciaran el incumplimiento de la llamada Carta de Majestad, suscrita por Rodolfo II, emperador en el año de nuestro Señor de 1609, fecha de su signatura por el mismo, documento que reconocía la libertad de culto.

El principal argumento de los quejosos herejes estaba basado en una mentira, que decía que los terrenos en que se estaban alzado los templos que ahora no se podían levantar por la orden del rey prohibiéndolos, irían a pasar a manos del rey o la iglesia católica, pero quién no ha preferido algún embuste alguna vez para llevar a cabo sus propósitos en lo que a la cuestión política se refiere.

Entonces sucedió lo que se llamó la defenestración de Praga.. El hecho consistió en que los irritados bohemios, al borde ya de la rebelión, capturaron a dos gobernadores imperiales y uno de sus secretarios en el castillo de la ciudad, que no sé yo si esta tiene uno solo o son más, y los tiraron por alguna de sus ventanas, intento de homicidio del que salieron indemnes los tres perjudicados al caer sobre lo que se dice que era una montaña de estiércol, circunstancia que los católicos tomaron como una intervención divina que demostraba que nuestro Señor estaba al lado de la religión verdadera y no de parte de los herejes. ¡Como si Él no tuviera otra cosa más importante que hacer que realizar un milagro en favor de tres pobres desgraciados por muy delegados de un emperador que fueran!

Tras este suceso, que podría considerarse una pataleta al no haber muertes, la cosa fue a más y los inconformes nobles bohemios decidieron que su rey debería ser Federico V del Palatinado, un reconocido seguidor de la herejía luterana. Tal decisión hizo que fueran declarados rebeldes por el rey Fernando, que ya para entonces hacía sido elegido emperador del Sacro Imperio Romano Germánico como Fernando II.

Una guerra de un par de años sucedió a todo lo acontecido. Aunque en un principio todos los posibles apoyos de uno y otro bando se lavaron las manos, los sublevados bohemios obtuvieron la ayuda de Inglaterra y la llamada Unión Protestante, una coalición de estados alemanes protestantes, como su mismo nombre indica, formada diez años antes de estos sucesos, mientras que el rey y ahora emperador Fernando buscó sus alianzas con España, porque era de todos sabido que el cuarto Felipe y su valido, que hasta este momento poco he mencionado, el Conde Duque de Olivares, pisaban cualquier charco en lo que a guerras se atañase, aunque a sus súbditos les importara una higa lo que se cocía en muchos, y la Liga Católica, la igual de la protestante formada por estados teutones católicos como contrapeso de la otra, creada un año después que aquella, que junto con sus tropas vencieron a los rebeldes checos en la Batalla de la Montaña Blanca ya en el año de 1620 y volvieron a conducir a Bohemia a la situación que nunca debió abandonar.

Para poner la guinda a todo aquella resonante victoria, luego se atacó al Palatino y el que hasta ese momento parecía un hombre importante, el rey Federico huyó de sus dominios porque en realidad no era más que una mierda seca, para refugiarse en nuestros Países Bajos, que como bien se sabe están dominados en parte por herejes de peor catadura que los luteranos, los que son llamados calvinistas, desde donde siguió jodiendo la marrana apoyando a estos y a los que había de su propia estirpe, los protestantes alemanes. Además de los países citados hasta el momento, intervinieron en este conflicto transilvanos, húngaros y franceses, que se retiraron de la pelea cuando ellos mismos tuvieron que reprimir una revuelta de los hugonotes.

—A simple vista, estimado Gutierre —dijo el alférez José Sierra Redondo, paisano mío del pueblo de Herencia con el que había coincidido con anterioridad, diestro en las cuestiones de batallas pero obtuso en lo demás—, lo que me has contado ni a ti ni a mí nos vas ni nos viene, porque los años de los que hablas son ya como un siglo para mí y aquella guerra que me has narrado es como una cuestión menor, porque a mí me importa un cojón, y a ti debería ocurrirte lo mismo, un país llamado Bohemia.

—Así sería, querido amigo Pepe —le repliqué yo con poca paciencia—, si la revuelta bohemia no hubiese sido la chispa que hizo estallar la guerra que libramos en el imperio germánico, que comenzó precisamente por los hechos que te acabo de contar. Y teniendo en cuenta que el año de 1634 comenzó el pasado uno de enero, estamos hablando de que los combates que la pertenecen llevan celebrándose dieciséis años.

Gerard Van Honthorst: *Retrato de Federico V, elector palatino, como rey de Bohemia* (Año desconocido)

Walter Leslie

Anónimo: *Cristián IV de Dinamarca y Noruega* (Año Desconocido)

Albrecht von Wallenstein

XIII. Los dinamarqueses

Los rescoldos de la revuelta de Bohemia nunca se apagaron y durante los siguientes años los exiliados protestantes derivados de la misma se convirtieron en un problema no resuelto que acabó derivando en la intervención de los dinamarqueses, en primer lugar, y los suecos después en el territorio del Sacro Imperio Romano Germano a partir del año del Señor de 1625.

Los dos países citados estaban situados en el norte de Europa y eran de las llamadas naciones escandinavas. La peculiaridad de estos pueblos era que fueron de los últimos que se convirtieron al cristianismo, sobre el siglo XI y fueron, por el contrario, de los primeros en asumir el protestantismo como credo propio, por lo que permanecieron solo un periodo de tiempo que se puede considerar breve en el catolicismo, si se compara con la prevalencia de ese credo en el resto del continente.

Las razones aireadas por dinamarqueses y suecos para intervenir en una guerra que debería estar acabada, fueron meramente religiosas, pero ya nadie engañaba a nadie en el quehacer político de cada país, y el trasfondo de su participación en el conflicto aún no extinto fueron sus ambiciones territoriales, sobre todo en Alemania, aunque Suecia también tuvo la excusa para implicarse por su guerra con Polonia, católica convencida, con la que mantenía una disputa larga por los territorios que eran bañados por el Báltico, el mar de esas latitudes, como nosotros tenemos el Mediterráneo, aunque el suyo era más pequeño de tamaño, o eso dicen, porque yo nunca he estado allí.

El reino de Dinamarca tenía frontera con el imperio, aunque no pertenecía él, por lo que la lucha que emprendió en su contra no fue por problemas con Fernando II, sino por el mero hecho de aumentar sus territorios, minar el poder de los Habsburgo y, aunque ellos lo situaron en primer lugar para justificar su belicosidad, proteger a los protestantes de figuradas, o no, de persecuciones a creyentes en su credo en territorio alemán y convertirse, en dura pugna con Suecia, en el paladín de estos.

Esta parte de la guerra iniciada tras la revuelta bohemia se libró entre dinamarqueses e imperiales, incluidos entre estos últimos los soldados aportados por la Liga Católica.

Para no mentir a ninguna de vuestras mercedes, les diré que yo no sabía la existencia de un país llamado Dinamarca hasta unos años antes después de mi alistamiento en los tercios, cuando supe de la apertura de un frente norte en la guerra por parte de esos hideputas.

La curiosidad de saber más de ellos, por si me tocaba pelear contra sus ejércitos, cosa que no sucedió jamás porque los españoles no intervinimos en esa parte del imperio, porque al mismo tiempo que los herejes dinamarqueses atacaban por donde está su país, el Sacro Imperio se vio afectado por otras batallas que concernían más a nuestro ámbito, según el criterio del Conde Duque y a lo que el cuarto Felipe no se oponía.

La guerra que se estaba llevando a cabo en ese momento era algo más que la explosión de un patriotismo exacerbado, tampoco tan solo la lucha entre dos credos, sino la de los soldados pagados para que combatiesen al servicio de uno u otro bando.

Por uno de esos mercenarios, un escocés que yo conocía desde hacía un par de años o tres, cuando decidió poner sus armas de nuestro lado, de nombre Walter Leslie[18] , supe yo algo más de las campañas dinamarquesas contra el imperio, puesto que en esta ocasión ni el mismo Anselmo conocía más allá de lo poco que había oído sobre las luchas en el norte.

Walter Leslie tenía una historia propia en las diferentes guerras que gustó de librar, de tal forma que nunca supe si era católico o protestante, agnóstico como yo o un puto ateo, porque él nunca me lo dijo cuando mantuvimos una conversación que fue derivando hacia ese punto, y solo una vez me definió sus creencias, que me las explicó así:

—El dios al que yo adoro es el dinero. De que mate a unos u otros en la batalla únicamente depende del peso del oro que me dieran los que querían poner precio a mi espada, sean del bando que sean. Eso sí, nunca cambiaré de

---

[18] Persona real.

enemigo mientras esté combatiendo en una lid, porque yo seré muchas cosas, pero jamás un puto traidor.

Walter Leslie decidió muy pronto que él no iba a pasar más hambre que la necesaria, así que partió de Escocia para alistarse primero en el ejército rebelde de los Países Bajos. Después sirvió en la tropa danesa y también sueca, hasta que recibió el patrocinio de las cortes de los Habsburgo y, desde entonces, hacía ya dos o tres años atrás, el tiempo que ya he dicho que era el que le conocía, había permanecido fiel a esta dinastía.

De él mismo solía contar poco, pero de lo que decía a veces sobre su persona, supe que era mejor tenerlo como amigo que por contrario y yo, por suerte, siempre estuve entre los primeros. Nunca me fie de él, y nadie que lo conociera lo suficiente lo hubiese hecho.

De su época con los dinamarqueses, por el contrario, no le importaba hablar y cuando yo lo animaba, solía contar las peripecias en las que estuvo metido cuando fue uno de los soldados de su ejército.

Un día le comenté que no entendía la implicación de Dinamarca en esta guerra, y él me dio la razón.

—Y yo tampoco —concedió él—, sino fuera por los intereses que a todo rey le mueven para meterse en honduras de ese tipo.

—La codicia, el afán de pasar a la historia —completé yo lo que el escocés me estaba diciendo—, y porque los que mueren en un campo de batalla no son más importantes para ellos que una chusma, porque un servidor no ha oído jamás que entre la carnicería que se produce en un combate haya habido muchos reyes, ni tampoco nobles.

—El monarca que portaba la corona dinamarquesa en aquel momento, alrededor del año 1625, Cristián IV —explicó el escocés—, se metió en la guerra alegando defender las causas del protestantismo perseguido por el imperio —eso lo sabía yo ya— y la del Palatinado. En realidad, lo hizo por los motivos que voacé ha explicado también, además de por sus ambiciones territoriales en el conocido como Círculo de Baja Sajonia, uno de los diez entes de ese tipo en el que un emperador antiguo, el primer Maximiliano electo para ese cargo, dividió el imperio con el fin de asentar jurisdicciones dentro de él, una disposición que lleva más de un siglo en vigor.

—Que Cristián IV quería para él.

—O para uno de su propia sangre —continuó Leslie—. Lo cierto es que atacó el territorio que ambicionaba y el actual emperador, el segundo Fernando, pidió la ayuda de la Liga Católica para repelerlo, que por supuesto se avino a hacerlo por el empeño de otro noble también llamado Maximiliano, un duque de ahora, y no un recuerdo del pasado como era el emperador que antes he nombrado. Por si la tropa movilizada no fuera suficiente y evitarse así problemas, Fernando compró un ejército a un hombre dispuesto siempre a vender sus armas, de nombre Albrecht von Wallenstein, nacido checo.

Los enemigos que eran míos en ese momento no tardaron en derrotarnos, que aunque parece una tarea fácil por el aparente tamaño tan pequeño que tiene Dinamarca visto en un mapa, eso no es más que una ilusión porque el dicho país no es tan solo ese territorio nimio, porque del reino que es forman parte la llamada Noruega e Islandia al norte y, en la mar océana que va desde allí hasta el Nuevo Mundo cuentan con unas ínsulas menores, llamadas Feroe, y otra que dicen que es la más grande de estas vista hasta ahora, Groenlandia.

—¿Qué pasó luego?

—Yo estaba, en el momento de la intervención dinamarquesa, más allá de la frontera de su reino con el Sacro Imperio, combatiendo, tal vez contra ti mismo o uno de tus amigos, en Flandes. Como los que reñían allí contra vosotros tampoco eran de los que se conciernen a sus asuntos, como os ocurre a los españoles, se propusieron ayudar a los que eran protestantes como ellos, aunque no se trataran de calvinistas, y yo fui a combatir a otro lugar enrolado en otro ejército, que creo que huelga decir que se trataba del dinamarqués aunque ya lo haya hecho, donde también compartí tropa con muchos compatriotas míos y con ingleses, a pesar de que no les guardo ninguna simpatía aunque compartamos credo.

—Supongo que esa repulsa de vuestra merced hacia los ingleses vendrá de que esos herejes de pacotilla tienen ocupado vuestro país.

—No sé si serán de pacotilla o no con respecto a la religión que han decidido adoptar, que os recuerdo que es también la de Escocia tras el derrocamiento de la reina María Tudor. —Supe que Leslie se sintió molesto por mi comentario anterior, no porque lo denotara de gesto, que no hizo ninguno, ni por un tono de voz alterado, que tampoco lo compuso, sino porque yo estaba acostumbrado a tratar con hombres bragados como él y sabía que su enojo se notaba por lo que decían y no por lo que hacían, salvo por ofensa expresa hacia su persona o si se tratara de un enemigo—. Por si vos no os habéis dado cuenta por ser español y tended a mirar por vuestra parte, lo que ocurre con Escocia es parecido a lo que vuestra nación hace con respecto a los Países Bajos.

—Ni por asomo, señor mío. —A mí sí se notó la mala leche—. Flandes, los Países Bajos en general, eran parte del ducado de Borgoña desde tiempo ha de antes de la guerra que se da allí desde hace más de sesenta años, que, por cierto, que se ha vuelto a reanudar después de una tregua de doce, que he de recordarle a vuestra merced que por herencia dinástica le corresponde al que fue nuestro rey consorte, el primer intitulado con ese nombre en la nuestra tierra, Castilla, por su matrimonio con la monarca verdadera de dos de las tres Españas unidas, doña Juana la primera, y que tanto el primer Carlos que nos gobernó como el segundo, tercer y cuarto Felipe que han ocupado el trono del reino donde nací, son descendientes directos suyos y, que por ello, la soberanía de los Países Bajos les pertenece.

—Ningún país debía exigir a otro que formara parte de él si sus habitantes no lo desean así.

—Salvo que los vínculos históricos en común entre ambas partes le proporcionen derecho a opinar sobre ello a los unos y a los otros.

—Que no es el caso de Flandes y demás Países Bajos, puesto que el vínculo de estos con España tiene poco más de un siglo, del cual la mitad ha habido guerra para deshacerlo.

—Si yo reconozco esta parte que vos decís —intenté llegar a un acuerdo con mi interlocutor—, voacé ha de hacer lo propio con respecto a la que legitimidad está de parte de España.

—Así lo hago —el escocés también quiso zanjar la disputa— y, de esta forma, podré seguir contando a vuestra merced más cosas de la guerra de los dinamarqueses contra el Sacro Imperio.

—Deseando estoy —no quise mentir—. Y si no estoy errado, vuestra merced se había quedado en la parte de su relato en la que se decía que los ingleses y los holandeses ayudaron a los herejes del rey Cristián.

—Un rey idiota, como casi todos los hombres que se ciñen una corona —continuó Leslie contando su vida como soldado de fortuna—. Creyó que iba a tomar por la fuerza una parte del imperio porque parte de las huestes de este seguían entretenidas guerreando en otros lugares del mismo, contrarrestando ciertas salpicaduras bélicas que la revuelta de Bohemia habían mantenido latentes.

—¿Cómo cuáles?

—Los transilvanos seguían con sus incursiones en territorios donde no les incumbían en el sur, hasta que el príncipe de aquel país, Gabriel Bethlen, hizo las paces con el imperio, mientras que el conde Ernesto de Mansfeld, más mercenario que nadie, puesto que arrasaba tanto el territorio amigo como enemigo que, a pesar de ser católico puso su espada al servicio de los nuestros, por llamar así a los protestantes, tampoco cesó en sus incursiones. No era tampoco extraño que aqueste conde cesara sus campañas para emprender otros caminos y ofrecer su hueste al que más dineros le ofreciera. —El escocés era un gran bebedor de cerveza y, en ese momento de su plática, la interrumpió para apurar la que estaba tomando ahora y hacerse con otra jarra—. Lo mismo ocurría con un hombre de parecidos bríos guerreros, el duque Cristián de Brunswick, que llegó a ser el máximo responsable del ejército teutón enfrentado al imperio, al que conocí en persona al principio de la guerra emprendida por los dinamarqueses. Ambos compartíamos el mismo credo y aunque el mismo Dios se apareciera ante mí y me lo pidiera, no habría abdicado de mis creencias, lo cierto es que el fanatismo del duque removió en algo dentro de mi persona, y aunque en ese momento yo estaba alistado al ejército dinamarqués y jamás lo hubiese abandonado mientras me siguieran pagando a tiempo y bien, me convenció de que en el futuro, cuando su empeño terminara, no desdeñaría poner mi espada en el bando de los católicos, como estoy haciendo ahora.

—¿Brunswick llegó a combatir a vuestro lado?

—No, pero porque Dios lo quiso así.

—¿Cómo es eso?

—Porque al poco de empezar los dinamarqueses su dicha campaña, y habiendo el duque heredado el principado de Brunswick-Wolfenbüttel y que de inmediato este se pusiera al servicio del cuatro rey Cristián, enfermó y tuvo una muerte repentina, por lo que se quedó con la gana de emprender su propósito.

—Menos mal.

—Para vos y los vuestros, sí, para la causa que yo defendía en ese momento fue una tragedia.

—Menos mal, repito de nuevo.

—Sí, porque los ejércitos enemistados con Dinamarca se enfrentaron a los del rey Cristián poco después del deceso del duque, en la que se ha llamado la Batalla de Lutter, y los nuestros fuimos muy severamente derrotados —un deje de pena llegó a su voz—. Tanto que durante el transcurso de ese año de 1626 y el siguiente, las huestes imperiales conquistaron la parte del país de Dinamarca que no son sus islas, una península llamada Jutlandia. Fue entonces cuando el rey Cristián se alió con el monarca de los suecos, Gustavo II Adolfo e intentó reconquistar Jutlandia. Fue el momento de mi vida en que serví a estos.

—¿Duró esa parte de la guerra mucho tiempo más? —pregunté yo entonces—. Porque que yo sepa, desde hace un tiempo que no es corto ya no se combate por allí.

—Dos años —contestó Leslie en medio de un hipido—. Dos años en que ni los escandinavos ni los alemanes consiguieron mover ni un palmo la línea del frente, dos años de muertes varias de hombres buenos con los que compartí mucho codo con codo en formaciones en la batalla, aunque también cayó mucha canalla, a la que yo mismo hubiese degollado si no hubieran sido de los míos, a pesar de que a estos también hay que tenerlos en cuenta como bajas de nuestra hueste. Dos años hasta que un emperador, dos reyes y los nobles que le acompañaban se dieran cuenta de que, a partir de la situación en donde habían quedado las cosas, la única salida posible para acabar con esa absurda sangría era negociar. Nunca olvidaré la fecha del veintidós de mayo del año del Señor de 1629, día en que se firmó la Paz de Lubeck por parte del rey dinamarqués, el ya dicho cuarto Cristián, y el emperador del Sacro Imperio Romano Germánico, el también citado varias veces Fernando II, que concluyó con esa masacre sin beneficio para ninguna de las dos partes y la salida definitiva de los dinamarqueses de la guerra.

—Parecéis contento con el recuerdo de la llegada de esa paz.

—Lo estuve y lo estoy.

—Pero esa firma suponía que vos os quedaríais sin trabajo.

—Pronto encontraría otro. Guerras siempre hay.

—¿Por qué os decantasteis por el imperio y no por los suecos?

—Una razón ya se la he dicho a vuestra merced, el conocimiento en persona del duque de Brunswick. La otra, estoy seguro que vos, que no sois ningún estúpido, es la que podéis imaginar.

—Que el emperador paga mejor.

—¡Equilicuá!

Gabriel Bethlen

Ernesto de Mansfeld

Daniel Mijtens: *Carlos I de Inglaterra* (1625)

Francisco de Zurbarán: *Defensa de Cádiz contra los ingleses* (hacia 1634)

Félix Castelo: *La recuperación de la isla de San Cristóbal* (1634)

XIV. La guerra contra los ingleses

Los entresijos de aquella otra guerra eran en suma enrevesados. Se trataba de un conflicto entre católicos y protestantes, de una lucha por las ambiciones personales y patrióticas, de una pugna por el poder en Europa, que pueden ser motivos legítimos o no, verdaderos o falsos, pero comprensibles para los que han de sufrirlos, lo que no sé yo si combatiría en una guerra provocado por una boda, o la ausencia de ella, salvo que mis honorarios fueran de gran categoría.

Inglaterra y España nunca habían sido naciones amigas, pero tampoco lo contrario. Hasta que Enrique VIII, el rey de las seis esposas, que proclamó una herejía en su reino, tal como ya he relatado, para poder divorciarse de la primera, Catalina de Aragón, fue un hecho que derivó en una enemistad enconada entre ambos países, que ahora además estaban separados por su creencia en distintas religiones.

La hostilidad entre ambas coronas se había manifestado de una forma más o menos directa desde el siglo pasado. Los ingleses siempre habían ayudado a los rebeldes flamencos y los españoles a los disconformes con la herejía del rey fornicador.

Entre ellos y nosotros hubo una guerra larga que abarcó los quince últimos años del siglo anterior y los primeros cuatro de este, que aunque ganamos, como los ingleses saben muy bien ocultar sus derrotas, de dicho conflicto lo que más quedó en la memoria de todos fue el naufragio de nuestra Grande y Felicísima Armada, más conocida por una falsedad con que se apodó su nombre, la Invencible, que como ya he dicho no tuvo nada de eso.

Pero volvamos al asunto de la boda que no llegó a celebrarse. El rey inglés en el año del Señor de 1623 era Jacobo I, que tenía un doncel ya criado, llamado Carlos, su sucesor, que había que casar.

El príncipe de Gales, acompañado por el hombre de su mayor confianza, el duque de Buckingham, viajó a Madrid para tratar su boda con María Ana de Austria, hermana menor de nuestro rey, el cuarto Felipe. No se conocen muy bien los detalles de aquella visita, si contaba o no con el beneplácito de su padre, ni tampoco si el heredero a la corona inglesa, escocesa e irlandesa vino por la belleza que había trascendido de la dama pretendida allende de nuestras fronteras y esperaba un enamoramiento a primera vista de su persona, o si simplemente fue para ultimar una boda concertada entre ambos jóvenes, pero lo cierto es que estuvo en la capital de nuestro país en el año citado de 1623.

Las negociaciones sí se celebraron para establecer el matrimonio, pero fracasaron porque los nuestros exigieron como condición ineludible para que se llevara a cabo que el príncipe Carlos se convirtiera al catolicismo, algo con lo que no transigieron los ingleses, que hubieran de retornar a su país con el rabo entre las piernas.

Nada más producido su regreso, el heredero fue recibido por su padre, el rey Jacobo I, al que solicitó que declarara la guerra a España por el desplante recibido o por la frustración que para el orgullo del príncipe supuso.

Jacobo I le hizo caso y recabó fondos para ello ante la Cámara de los Comunes, que accedió a otorgárselos. El monarca inglés murió poco tiempo después y fue el príncipe despechado, coronado como Carlos I, el que ultimó los preparativos de la guerra, asesorado por su inseparable Buckingham.

De esta lid derivó el famoso asedio a la ciudad de Breda, una acción bélica que se llevó a cabo a pesar de la desconformidad que sobre ella mostró el rey Felipe, aunque si se llevó a cabo fue por el apoyo en la sombra del Conde Duque de Olivares a la empresa.

El contingente español estaba al mando del italiano Ambrosio Spínola, un genovés al servicio de la causa justa, la nuestra, mientras que las huestes herejes que defendían la ciudad eran dirigidas por el holandés Mauricio de Nassau.

Los lectores que estos mis recuerdos estoy plasmando sobre el papel, se preguntarán por qué estoy contando ahora este lance, si Breda es una villa enclavada en los Países Bajos y no en cualquier otro lugar del conflicto entre los ingleses y nosotros. En primer lugar, responderé que es porque yo participé en esa batalla, aunque con diez años menos de la edad que tengo ahora; en segundo, diré si hablo de él aquí y ahora fue porque se trató de un episodio encubierto de la guerra anglo-española que se estaba llevando a cabo en ese momento, porque en aquesta lucha no participaron únicamente rebeldes del país en donde la ciudad estaba enclavada, sino también más de dos mil dinamarqueses y unos seis mil ingleses.

Spínola ordenó un primer ataque a Breda en busca de cortar el abastecimiento de víveres y enseres a los sitiados y preparar nuestros propios bastiones en torno a la localidad, mediante la construcción de trincheras, barricadas, fortificaciones y túneles, aunque estos últimos tuvieron poca eficacia porque el enemigo cavó los suyos para interceptar los nuestros, maniobra en la que tuvieron éxito.

El sitio pareció estabilizado, hasta que a finales del año siguiente acudieron a Breda los citados daneses e ingleses en apoyo de los herejes, aunque no consiguieron romper el cerco, por la eficiente acción, como solía ocurrir siempre en estos trances, de nuestros infantes ligeros, piqueros y ballesteros que vinieron en nuestro socorro desde la cercana localidad de Bolduque, que se hicieron fuertes en una elevación próxima al camino que llevaban y resistieron sobre todo a los dinamarqueses. Los refuerzos ingleses tampoco lograron cambiar el signo de la batalla. ¡Ah, cómo me hubiese haber sido uno de esos bravos que aguantaron el empuje de los dinamarqueses! ¡Pero no fue así, y como ya he avisado de que no soy de naturaleza embustera, diré que yo, que estuve presente con los compañeros de mi tercio los once meses que duró el asedio, siempre permanecí con el grueso de la tropa!

El gobernador de la ciudad de Breda, de nombre Justino de Nassau, hermano del Mauricio que empezó a defenderla y que murió durante la campaña, no tuvo más remedio que rendir el burgo a Spínola, un general que por sus dotes estratégicas era admirado por propios y contrarios, cuya obsesión durante el acecho fue que el enemigo no recibiera suministros del exterior, para lo que dispuso que incluso se anegaran campos para impedir los pasos.

Dicen que la Batalla de Breda trajo consigo miles de muertes, yo puedo confirmarlo, e incluso añadir que durante su transcurso fui herido dos veces, ambas de levedad. La una fue por una esquirla que rozó la sien izquierda, que aunque dolió como un diablo, no me impidió seguir en la lucha que se libraba en ese momento, aunque la sangre que manó de mí llegó a teñirme de rojo el rostro: la segunda se debió a que un ballestero hereje la tomó conmigo, y aunque falló en parte, porque solo me alcanzó en el brazo del mismo lado que lo hizo la metralla, lo que me alejó del combate fue el tiempo que Doménico Ricci, al que conocí en Breda, pues se alistó en el tercio siguiendo el carisma de Ambrosio Spínola y aquesta batalla fue su puesta de largo en eso de matar herejes, cortara la saeta que tenía ensartada por el extremo de la punta y pudiera reincorporarme yo a la gresca.

También dicen que los sectarios mostraron una resistencia heroica, cuando yo estoy convencido de que nunca puede tildarse de tales a los traidores y creo que de ese runrún derivó el único error de Spínola durante aquella lid, el tratar a esos putos herejes como enemigos reconocidos de una causa justificada, pues permitió a su ejército que saliera de Breda en formación, con sus banderas al frente, y puedo asegurar a vuestras mercedes que yo no fui el único de los nuestros que escupió a su paso.

Sí que pareció honorable que se nos ordenara que los derrotados fueran respetados, en el sentido de no ser atacados después de rendidos, pero no estuve conforme en que se les tratara con dignidad, porque un felón no tiene ninguna y nosotros no íbamos a prestársela, ni tampoco que nuestro general Spínola esperara a Nassau al pie de las murallas de Breda. El encuentro entre ambos fue tan cortés que pareció el de dos amigos del alma que llevaban mucho tiempo sin verse, sin tener en cuenta que la batalla había hecho cavar muchas tumbas para acoger a los nuestros y que pareciera más importante la guerra como arte que las vidas perdidas durante su transcurso.

Carlos I, que no debía estar acostumbrado a que las mujeres le rechazasen, perdonen vuestras mercedes por este arrebato de jocosidad, porque desde su estancia en Madrid había adquirido un odio atroz hacia España y siguió empeñado en la beligerancia contra nosotros.

La guerra contra los ingleses siguió por otros frentes prácticamente desconocidos para mí, pero no para Anselmo, que además de infante como era ahora también había sido marinero y las más importantes fases de este conflicto se dieron por mar y no por tierra.

De nuevo del brazo de Buckingham, el monarca apóstata, tras la recuperación de Breda por parte de nuestra hueste, ideó otra compaña, esta vez contra el territorio propio que era la cuna de nuestra nación. Consistió aquesta en el intento de invasión de Cádiz y la toma de los tesoros que trajera en ese momento la Flota de Indias.

—Para ello, los ingleses movilizaron unos quince mil soldados, entre marineros e infantes, y hasta cien navíos de toda clase —contó Anselmo—. Por supuesto, los holandeses quisieron devolverle a su infatigable aliado de siempre los favores recibidos, y aportaron a la empresa quince buques de los suyos para proteger el Canal de la Mancha mientras los ingleses estaban ausentes peleando en nuestras costas.

—¡Hijos de la gran puta! —expresé entonces con mucha rabia.

—El hombre es el único animal que tropieza dos veces en la misma piedra —continuó Anselmo, del que pensé en un primer momento que había perdido la razón o que había cambiado de tema, porque como yo era de cariz impaciente aún no le había dado tiempo a terminar el razonamiento que empezaba a enunciar—. Por eso, Buckingham, que tan listo parecía, repitió el error que nuestro rey, el segundo Felipe, cometió con la Armada Invencible, cuando puso al frente de la misma a Alonso Pérez de Guzmán, duque de Medina Sidonia, como reemplazo de que debió ser su verdadero al almirante, Álvaro de Bazán, marqués de Santa Cruz, muerto un poco antes de que partiera la flota, un hombre muy capaz para la tarea esta y nula para ella el primero, que nunca había ejercido antes el mando en una guerra librada en el mar.

—¡Ay, amigo Anselmo, que te vas por los cerros de Úbeda y aún no me has dicho en qué consistió la metedura de pata del duque hereje! —le apresuré, pues ni él ni yo disponíamos de mucho tiempo en esta ocasión, ya que poco faltaba para que entráramos ambos de guardia y durante su transcurso se vigilaba y se hablaba lo justo,

—Buckingham eligió a un experimentado soldado, Edward Cecil, para comandar la misión a Cádiz —continuó Anselmo—, que bueno era en lo suyo, siempre que batallar fuera en tierra firme, y no en la mar, porque antes apenas lo había hecho.

—Una decisión que supongo que hizo que ganáramos esa batalla.

—Tampoco nos subestimes a nosotros. Un soldado español es capaz de cualquier cosa, y aunque se le ordene un imposible, es capaz de llevarlo a cabo.

—Pero ganamos, ¿no? —seguí a lo mío porque el tiempo apremiaba ya de forma acuciante.

—¿Tú has sabido que Cádiz pertenezca a los ingleses?

—No, porque no es así.

—Pues eso, Gutierre, que los herejes se llevaron una hostia de las buenas durante esa campaña.

—¿Qué ocurrió?

—Cecil, el general inglés, o lo que fuera, se entretuvo cazando moscas en vez de ir a lo principal. Perdió un tiempo precioso en la toma de una atalaya que no era importante y dio ocasión a que Cádiz se preparara para defenderse del inminente ataque. Por supuesto, la demora permitió que las naos de comercio de su puerto y bahía se pusieran a salvo. Como remate de todo esto, los infantes herejes desembarcados para combatir en tierra contribuyeron al desastre por su evidente indisciplina. Si Cecil partió de Inglaterra en el mes de octubre con destino a Cádiz, ante la ineficacia de su hueste y la falta de suministros que nunca les hizo llegar Buckingham, en diciembre estaba de regreso en su país.

—Insisto en lo que ya he dicho muchas veces —hice de Perogrullo—. ¡Qué bien venden los ingleses sus victorias y qué bien tapan sus derrotas!

La política del rey Carlos, el primero de Inglaterra con ese nombre, se volvió del todo errática con respecto a la guerra que se estaba desarrollando en Europa, en primer lugar por su afán incansable de salvaguardar al duque de Buckingham, del que no permitió que se le exigieran responsabilidades por el fiasco de Cádiz, que tuvo ideas tan contradictorias con respecto a los franceses como proponer al regente del país, el cardenal Richelieu, su apoyo para sofocar la revuelta de los hugonotes en la localidad de La Rochelle a cambio de su colaboración para recuperar el Palatinado para el protestantismo, para luego hacerle culpable de traición en el desarrollo de ese lance y pasar a prestar ayuda a los calvinistas galos, lo que le hizo entrar en guerra contra estos, volviera a ser derrotado y que finalmente tuviera que acordar una paz con ellos.

Un último episodio de la guerra anglo-española tuvo un talante un tanto exótico, ocurrido en las Indias, en concreto en las islas de San Cristóbal y Nieves, que los nuestros consideraban, con acierto, bajo soberanía española, donde se habían establecido colonias inglesas y también francesas. Para confirmar la pertenencia del archipiélago a quien correspondía por derecho, una flota al mando de Fadrique de Toledo acudió hasta allí, libró la llamada Batalla de San Cristóbal y los anglos y los galos fueron expulsados de allí.

Las hostilidades entre los nuestros y los herejes británicos concluyeron en 1630 con la firma del Tratado de Madrid, mediante el cual todas las enemistades fueron olvidadas y pareció que las dos naciones se hacían amigas, compartiendo el mismo lecho, algo que nunca fue así en la práctica.

Anthony van Dyck: *Retrato de Ambrosio Spínola* (hacia 1628)

Daniel Dumonstier: *Georges de Villiers, el duque de Buckingham* (1625)

John Scott: Edward Cecil, vizconde de Wimbledon (1806)

Francisco Pacheco: *Retrato de Francisco de Quevedo* (1599)

XV. La conjuración de Venecia

El marqués de Bedmar (gobernador en Venecia), el duque de Osuna (virrey de Nápoles y Sicilia) y marqués de Villafranca (gobernador de Milán)

El hecho de que la Serenísima República de Venecia, una nación católica, fuese también enemiga de España venía de un suceso oscuro acontecido casi veinte años atrás entre nuestro país y el suyo, en el que se interpretaron diferentes propósitos.

En realidad, la mayor parte de las hostilidades venecianas se desarrollaron en torno al camino español, en las proximidades de este con sus fronteras, aunque ello no dejaba de suponer que no nos matáramos los unos a los otros cuando las circunstancias lo requerían.

El narrador de lo acontecido entre la monarquía hispánica y una de las pocas naciones que eran república en el mundo conocido, fue Doménico Ricci, que aunque era niño cuando ocurrieron estos hechos, guardaba un recuerdo nítido de ellos, porque aunque su origen era milanés, en el momento de los sucesos de la intriga vivía con su familia en Venecia, no en vano su padre ejercía como marinero.

—El año era el de nuestro Señor de 1618 —empezó a explicar tras que repeliéramos los compañeros una escaramuza de algunos de los soldados de la Serenísima—. Estoy seguro de ello porque tengo grabada la fecha a sangre y fuego. La versión del porqué se produzco el motín contra los extranjeros habitantes de la república, los relacionados con el imperio hispánico más que otros, entre los que nos encontrábamos mi madre, yo mismo y mis hermanos y hermanas, puesto que Padre se libró de las iras de la turbamulta porque estaba embarcado en ese momento, fue que se había descubierto una conjura por parte de los gobernantes de los territorios españoles en Italia para atacar Venecia, no se sabe muy bien con qué intención, aunque las malas parlas llegaron a decir que no otra que anexionar a la Serenísima al imperio nuestro, pero eso no eran más que habladurías.

—O no —exclamó uno de nosotros, aún hoy no sé quién.

Los demás empezamos a chistar para dejar continuar a Doménico con su relato. Anselmo impidió que lo hiciera de forma inmediata.

—¿Quiénes eran esas autoridades a las que os habéis referido? —preguntó lo que no le interesaba a nadie que no fuera él.

—El virrey de Nápoles era el duque de Osuna, el gobernador del Milanesado el marqués de Villafranca, mientras que el embajador nuestro en el lugar era el marqués de Bedmar. —El italiano guardó un silencio prudente durante un momento, por si daba el caso de que algún otro de nosotros quería proferir otra cuestión. Ninguno quiso saber más de lo que aún no conocíamos, así que Ricci pudo continuar su relato—. La trama difundida entre los venecianos decía que estos tres nobles habían tergiversado la voluntad de unos mercenarios franceses al servicio de la Serenísima, por lo que es lógico suponer, aunque lo digo, que tenían fijada su residencia en la ciudad, con el fin de crear disturbios que provocaran la intervención en el país de la flota nuestra que navegaba en ese momento por las inmediaciones del país, que acababa de batir a la armada veneciana en la llamada Batalla de Ragusa[19], celebrada el año anterior por desacatar

[19] Actual Dubrovnik. Ragusa fue una república independiente de Venecia.

la instrucción emitida por la Serenísima de prohibir la navegación de la flota española por el mar Adriático tras la renovación de la alianza con los uscocos, unos piratas croatas que luchaban contra ella, por parte del duque de Osuna, virrey de Nápoles, que concluyó con la victoria de los nuestros. Según esas malas lenguas, el momento elegido para llevar a cabo la trama fue el día en que se conmemoraba la fiesta de la Ascensión, la Sensa la llaman ellos, en el que el dux y demás autoridades de la república salían al mar, por lo que la ciudad quedaba desguarnecida. Según esos mendaces, el plan español tenía como objetivos hacer estallar el arsenal, tomar los puntos estratégicos de la localidad y proclamar nuestra soberanía sobre la plaza.

—Es curioso que, tras Lepanto y otras campañas emprendidas casi de inmediato contra los infieles —dio su opinión Pere Clos—, se dejara de considerar al turco como una hueste tan peligrosa como enemiga y hubiera guerras entre cristianos.

—No solo eso, Clos —hablé yo ahora—, sino que se buscara al turco como aliado por los franceses y, si no estoy equivocado, los ingleses, en nuestra contra.

Un intenso silencio se hizo entre nosotros. Todos nos quedamos mirando a Doménico con interés, con el deseo evidente de que siguiera hablándonos de la conjuración de Venecia.

—Lo que he dicho antes y vuelvo a repetir ahora, es la versión veneciana de lo ocurrido, lo que no significa que sea verdad ni tampoco la única que existe sobre aquellos hechos —explicó el italiano.

—Que tú no te la crees —intervino Anselmo—. Me refiero a aquesta explicación

—Después de lo que vi allí, no puedo confiar en que esa sea la verdad —expuso Ricci—. Además, hay un par de cuestiones que me hacen dudar aún más sobre el transcurso de los acontecimientos allí ocurridos según lo que expusieron los prebostes de la república. El primero se refiere a que los franceses que fueron de forma supuesta comprados por nuestros gobernantes eran hugonotes, que no serán enemigos acérrimos de los católicos venecianos aunque lo sean de los españoles, y muchos cuartos hay que poner en una bolsa para que uno de esos hideputas sirva de nuestro lado.

—¿Cuál es tu segunda reserva con respecto a esta cuestión, referida de tal forma por los venecianos? —preguntó ahora Blas.

—Que de los franceses que supuestamente tramaban rebelarse, no quedó vivo ni tan siquiera uno, por lo que no fue posible preguntarles sobre quiénes les pagaban.

—¿Cuál es la versión verdadera de lo ocurrido allí? —preguntó Anselmo.

—Ya he dicho que depende de la que te creas.

—La nuestra, por supuesto.

—Pero si aún no la has escuchado.

—Eso no importa.

—Entonces, contaré lo que nosotros refirieron como verdad.

—Deseando estamos —le apremió Clos.

—El duque y los marqueses que eran los que gobernaban en nombre del cuarto Felipe nuestras Italias, o lo representaban en el caso de Bedmar, afirmaron que la manipulación con dineros de los mercenarios franceses fue una artimaña tramada por las autoridades de la Serenísima, que de esta forma querían comprometer a sus iguales españolas —Doménico entonó su voz, en ese momento, para mostrar que estaba convencido de que aquello que decía era la verdad en que creía—. Pero la plebe es idiota y se deja convencer por las apariencias y las hablillas que les cuentan sus amos. La turba, estúpida ella, intentó incluso asaltar la embajada del país nuestro y dicen que hasta el escritor Francisco Quevedo, protegido como ya saben vuestras mercedes del duque de Lerma, tuvo que huir de allí disfrazado de mendigo y porque gracias a las luces que brillan en su cabeza, que le habían permitido aprender de pe a pa el dialecto hablado en el lugar, consiguió pasar desapercibido.

—¿Cómo terminó todo entre Venecia y nuestra España? —preguntó ahora Clos.

—Los venecianos forzaron al rey Felipe, aunque tal vez sea mejor nombrar al Conde Duque y no a su majestad, a retirar de sus cargos a las personas que ellos consideraron hostiles —explicó el italiano—. Aun así, estos hideputas siguen jodiendo con las escaramuzas que atacan el camino español y parece que sí son en parte uno de nuestros enemigos, aunque no muestran afán por demostrarlo.

—La fuerza que siguen ejerciendo contra los soldados que lo cruzamos —Anselmo dictó sentencia, haciendo gala como siempre de la sabiduría que la embargaba—, es de mayor o menor auge según esté en cada momento la situación que sobre el valle de la Valtelina mantienen desde hace más de diez años España y Venecia, que por supuesto nunca más volverán a enfrentarse en una beligerancia abierta, porque a nosotros nos acucia cada vez más la Guerra de Flandes y también la Guerra del Sacro Imperio Romano Germánico y hemos dejado de mirar a Italia, mientras que la Serenísima, por su parte, sabe que nunca nos ganaría en una campaña de ese tipo, por muchas alianzas que recibiera a su favor y con el turco a sus espaldas, que está en reposo pero no muerto.

Piratas uscocos en acción

Fiesta de la Sensa

Autor y año desconocido: *El milagro de Empel*

XVI. La historia de otro

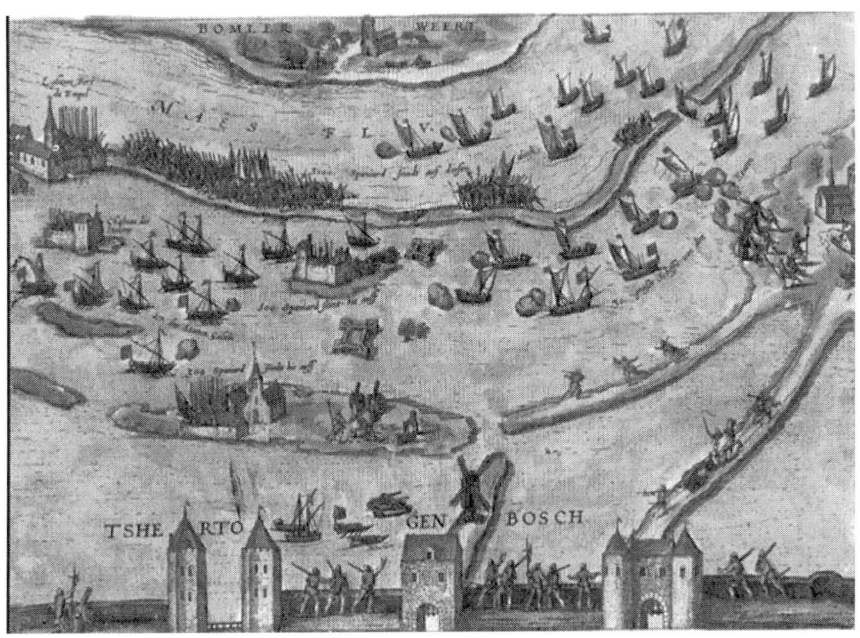

Frans Hogenberg: *Batalla de Empel* (Año Desconocido)

Las escaramuzas son como los preámbulos de las batallas cuando aquellas se refieren a la cercanía de dos ejércitos que saben que van a entablar combate, aunque también las haya cuando soldados de poco número atacan por sorpresa sin pertenecer a ninguna hueste formada en concreto, aunque a esta última no me refiero en este momento.

Las tierras helvéticas y tirolesas habían quedado atrás y el camino transcurría ahora bordeando las fronteras bávaras, la nueva ruta establecida para ir desde Italia a Flandes por la alianza del ducado de Saboya con Francia desde hacía pocos años antes, que había interrumpido su recorrido natural y conjugar este otro alternativo.

Desde que circulábamos por Alemania, cada vez se iba haciendo más evidente la desolación de la guerra, producida tanto por los nuestros que por el enemigo, pero hasta hacía muy pocos días, no habíamos empezado a ver huestes herejes que vigilaban nuestra marcha.

Fue la primera vez que pude observar a un soldado sueco, presente entre la tropa dispersa que marcaba el paso de los tercios que no iban a luchar en esta guerra, sino en la de Flandes, aunque a ellos le diera igual. Éramos sus contrarios y los rebeldes a nuestro rey en los Países Bajos, sus aliados, de tal forma que si pudieran hacernos frente, no dudarían en llevarlo a cabo.

Yo, que me conocen ya lo suficiente si han llegado hasta esta línea de mi redacción, no me considero ningún cobarde, tampoco soy un héroe. De hecho, después de tantos años de batallas sirviendo a aqueste rey y, al principio, a su padre el tercer Felipe, he llegado a un convencimiento que yo considero sabio, que no es otro que lo ideal en una lid librada contra el enemigo, es no ser un valentón que se juega la vida en que cada lance de la lucha, porque al final se pierde esta, sino ser osado y miedoso a la vez, todo ello mezclado en su tono justo.

Lo cierto es que la inminente presencia de los hombres que habría de matar y evitar ser matado, hacía que el dormir se me antojara más difícil, por la tensión de lo que había que venir y por así sentirme más preparado para la lucha que con otras cosas.

Las noches, por lo tanto, se me llenaban de duermevelas, en los que soñaba casi siempre las dos mismas cosas. La primera de ellas referidas a una hazaña de los tercios contada por mi padre a mí en una de esas pocas ocasiones que a él le plació hacerlo más del tiempo de un suspiro o dos, y otra relacionada con mí mismo, venida de mi experiencia de veinte años en las guerras.

Como es imposible contar dos cosas a la vez porque tengo una boca y no dos, me referiré en primer lugar al episodio vivido por mi padre, harto conocido por todo español que no fuera sordo, para luego, si les complace a vuestras mercedes, contarles la mía.

Padre estaba combatiendo en Flandes en el año de nuestro Señor de 1585. La guerra contra los rebeldes y, además apóstatas, del lugar vivía un buen momento para nuestros intereses. Alejandro Farnesio había sustituido al duque de Alba como gobernador de la región y había conseguido tomar las ciudades de Dunkerque, Iprés, Brujas, Alost, Nieuwpoort y Amberes tras un largo asedio de más de un año a esta última.

—La euforia se desató entre nosotros —contó mi padre, que aquel día incluso se le dibujó una breve sonrisa en sus labios al recordar aquella hazaña—. Todos pensábamos que la guerra estaba encaminada definitivamente hacia nuestros designios y que no tardaría en conocer la victoria de nuestro rey. Tanto regocijo había que se nos obsequió a los más veteranos con una cena de honor, en el que el propio Farnesio y otros mandos del tercio nos sirvieron como camareros.

—La Guerra de Flandes no terminará nunca —apunté yo para contradecir el comentario de Padre—, porque aunque yo aún soy joven, he adquirido el suficiente conocimiento sobre esa guerra como para decir que está atrancada en el ánimo de ellos y nosotros, y que nunca ninguno de los dos bandos desistirá de sus posiciones.

—Hijo, es muy fácil decir lo que dices tantos años después —protestó mi padre—, en aquel momento tanto el enemigo como nosotros teníamos otra opinión.

—Perdonad, padre, y continuad, no debería haberos interrumpido.

—Farnesio era del ánimo de la mayoría de la hueste de los tercios —me hizo caso y prosiguió hablando—, porque el Rayo de la Guerra, alias con el que era conocido nuestro general, no tuvo otra ocurrencia que licenciar a parte de nuestro ejército para evitar al rey el pago de sus soldadas, y enviar a una buena parte de él al norte, en socorro de la población católica que necesitara de este.

—Debió rematar la faena.

—Yo opino lo mismo.

—Continuad, padre, os lo ruego.

—Los tercios que quedaron en vigor a partir de la decisión del general fueron los de Cristóbal Mondragón, Francisco Bobadilla y Agustín Íñiguez, que acompañados por la compañía de arcabuceros del capitán Juan García de Toledo, avanzamos hacia el norte, cruzamos el río Mosa y nos instalamos en la isla de Bommel, a cuyo otro lado hay otro cauce llamado Waal.

—¿Con cuántos soldados contabais?

—Con unos cinco mil.

—¿Por qué establecerse en una isla?

—Ni puta idea. Es probable que la idea fuera que obtuviéramos mayor protección, pero en caso de apuro se podría convertir en una ratonera.

—Lo que supongo que así fue.

—Sí, fue una trampa en la que nos metimos nosotros mismos —Padre compungió el gesto ahora—, pero no por la incapacidad de nuestros capitanes, sino por la picaresca del enemigo. La ínsula era la línea de frente entre nuestro ejército y el rebelde, un lugar muy elegido por los herejes porque Bommel se recorría de norte a sur recorriendo poco más de una legua y media[20], mientras que aunque de oriente a poniente los pasos a dar eran más, no dejaban de ser unas pocas cuatro leguas y media[21].

—Una isla situada frente a las huestes contrarias —exclamé exagerando la voz—, ¡qué puto desastre de estrategia!

Padre no dijo nada, simplemente cabeceó repetidos síes. Cuando volvió a hablar, se volvió a referir al transcurso de su historia.

—Los herejes, comandados por el conde de Holac, se vieron de relamer al vernos instalados en la ínsula. No tardaron en reunir en las provincias de Holanda y Zelanda a más de doscientos navíos de todos los tamaños, estimados por mí a simple vista, porque no me entretuve en contarlos y no sé

[20] Unos 9 kilómetros.

[21] Unos 25 kilómetros.

si conozco tantos números como para llegar a tantos, que armaron y colmaron de infantes, aunque era posible que ni que tan siquiera entraran en combate todos ellos, porque si a los Países Bajos se les llama así es porque están más bajos que el mar y si el país existe es porque tiene construidos muchos diques y contradiques, por lo que con averiar alguno de estos podrían anegar Bommel y ahogarnos a todos nosotros sin que ellos sufrieran muchas pérdidas de hombres ni material.

—Cada vez entiendo menos el porqué los tercios acamparon allí. Pareciera que alguno de nuestros mandamases estuviera empeñado en que tras una gran victoria nos encontráramos con una derrota del mismo calibre o más.

Padre se encogió de hombros.

—Yo no soy el que mando. Aquello fue así y a mí también me cuesta entenderlo.

—Me alegra oír eso.

—La cuestión es que la flota enemiga desembarcó en un terreno cercano a nuestra posición a los infantes que llevaba embarcados y algunos de ellos realizaron zapas en los diques que guardaban el caudal de los ríos antes citados. La maniobra de los herejes en los muros hizo que Bommel se empezara a inundar, con tanta rapidez que nos vimos acorralados en la ínsula, una situación desesperada agravada porque los contrarios lanzaron un ataque fiero desde sus naos y barcazas, desarrollado en buena parte por armas de fuego, y no únicamente por pistoletes y pistolas, que también lo hubo, sino con arcabuces y mosquetes, que son mucho más mortíferos manejados desde más lejos, aunque era cierto que las embarcaciones enemigas cada vez estaban más cerca de nosotros por la crecida de las aguas en rededor nuestro.

—¡Vaya panorama!

—Tan mal pintaban las cosas, rodeados como estábamos por tropas herejes y con las aguas subiendo y amenazándonos con ahogarnos, que hubimos de encaramarnos al punto más alto de la ínsula, el monte de Empel.

—Lo que nos haría más vulnerables.

—Pero ya sabes cómo es la hueste de los tercios. Nunca nos damos por vencidos hasta que la derrota es un hecho irrefutable. Francisco de Bobadilla, el maestre de campo al mando de los tres tercios, al llegar la noche, insistió en hacer frente al ataque de los rebeldes. Holac, que no se esperaba tanta resistencia por nuestra parte, decidió alejar au flota para mantenerla lejos de nuestro alcance. Una aparente victoria de los nuestros que no era más que eso, una ilusión, porque Bobadilla no era ningún gilipollas ni nosotros tampoco y como teníamos ojos en la cara, nos dimos cuenta de lo desesperado de nuestra situación. Cercados por el agua y los soldados holandeses, sin posibilidades de recibir refuerzos, la inminencia de la capitulación o muerte saltaba a la vista.

—Un maestre de campo jamás se daría por vencido sin verter hasta su propia sangre.

—Bobadilla tampoco lo hizo. Impartió órdenes para fortificar la posición que ocupábamos. Codo con codo, las camaradas reforzamos nuestro emplazamiento con tablones y costras de tierra. De esa forma nos protegíamos, a la vez, del fuego de los herejes y de la subida del cauce de los ríos. —Se tomó un descanso, no recuerdo bien ya si para darle un tiento al vino que se estuviera tomando, para tomarse un respiro o simplemente porque sí—. Bobadilla, además de no darse por vencido ante ningún enemigo, tampoco tenía nada de estúpido. Sabía que había llegado el punto de pedir ayuda y encargo a un capitán de los nuestros, Bartolomé Torralva, de buena fama entre nosotros por tener los huevos bien puestos, que pidiera socorro a Alejandro Farnesio, para lo que se hizo acompañar de un soldado de los nuestros de origen flamenco, porque todos los de este país no eran traidores, sino más bien al contrario, pues contábamos con amigos fieles entre los de esa raíz por nacimiento.

»Mientras el enviado por el maestre de campo realizaba su trayecto, este decidió lanzar un ataque, para lo que dispuso de nueve barcazas, tres para cada tercio, en donde situó a diez piqueros, diez mosqueteros y quince arcabuceros con dos capitanes a su mando. La misión del contingente, que sumaba trescientos treinta y tres hombres, era abrir una brecha entre las tropas enemigas por la que intentar escapar del asedio a que estas nos estaban sometiendo. La ofensiva no llegó a llevarse a cabo porque fue impedida por los holandeses al percatarse de lo que estábamos preparando, lo que les llevó a tomar algunas de nuestras posiciones aprovechando su superioridad numérica de soldados y armas.

—Padre, la angustia de pensar en lo ocurrido me está carcomiendo las tripas —en verdad estaba nervioso, parecía que yo mismo estuviera inmerso en aquella batalla—. Pero he pediros que no ceséis de continuar con vuestro relato, porque sé de oídas de otros que lo mejor está por llegar.

—Lo que tú digas, Gutierre. —El rostro risueño de mi padre pocas veces lo vi tan encendido en su faz como en aquella ocasión—. Un capitán flamenco, católico como debe ser, le dio aviso a Bobadilla de que había un camino por el que podíamos escapar. El capitán Melchor Martínez, perteneciente al tercio de Mondragón, recibió la encomienda de reconocer el sitio indicado a bordo de una barca, en compañía de tres soldados. La cuestión es que el dicho capitán se perdió entre las brumas que siempre asolaban aquel lugar, fue localizado por los herejes y muerto en cuanto pisó tierra.

»La batalla se mostraba llena de sinsabores para nuestros intereses, lo que no amilanó a nuestro maestre de campo. Ordenó ocupar un islote vecino para instalar allí dos cañones. Un movimiento que, en principio, no pareció servir para nada, ni tan siquiera para levantar la moral de los hombres de los tercios, que podían observar, a pocos estadales de nosotros, las maniobras del enemigo, del que ya habíamos visto que nos superaban en número y armas y a los que parecía no afectar el frío de la mierda de clima que tenía el país, y que parecían regodearse de nuestra hambre con sus fuegos para cocinar sus comidas, que desprendían un olor que antes de aquel combate nos hubieran parecido repugnantes, pero que ahora parecían llamarnos para que nos lanzáramos hacia ellas con la desesperación que empezaba a embargarnos. La visión que entre los jirones de niebla podíamos percibir era la del enemigo fortificado entre los islotes que emergían de la inundación provocada por ellos mismos, que los pasos estaban todos tomados por este mismo y que el terreno en donde estábamos establecidos era tan escaso que parecía que tendríamos que estar los nuestros apiñados, por lo que la derrota parecía más evidente que una posible victoria.

—El puto país de Flandes está plagado de fríos, lluvias y aguas, yo mismo he tenido que surcarlas para hacer una encamisada con un palo entre los dientes para evitar que en la emboscada en la que participaba el castañeo de mis dientes me delatara, tanto sufrí en mis carnes el frío de esos canales que más parecían hielo que agua —recordé las incomodidades del lugar rememorando una de mis misiones en las provincias rebeldes—. ¿Qué ocurrió después?

—Una serie de propuestas empezaron a divulgarse en tre los nuestros como un rumor —continuó Padre—. Se dijo que un grupo de soldados habían planteado lanzar un ataque a la desesperada, aunque las posibilidades de éxito fueran menores que ninguna, otros que era mejor esperar a los refuerzos que no dudaban que mandaría Farnesio, que nunca hasta entonces les había fallado. La última proposición era la que parecía ser la más descabellada, pues consistió en llevar a cabo la quema de banderas, el hundimiento de la artillería en las aguas que nos rodeaban y dividir la tropa de los tercios en dos partes, para darse muerte los nuestros los unos a los otros antes de que hiciera el propio el enemigo.

»Holac tampoco tenía ninguna duda del futuro desenlace de la batalla, pues mandó enviados a localidades vecinas para advertir a sus prebostes que no tardarían en recibir cientos de prisioneros. Al mismo tiempo, envió emisarios a Bobadilla para ofrecerle una rendición honrosa. La respuesta de nuestro maestre de campo fue digna de un alto mando de un tercio español: «los infantes españoles prefieren la muerte a la deshonra. Ya hablaremos de capitulación después de muertos».

—No había otra réplica posible, Padre. Porque, ¿qué futuro le depararía a un español, o uno de sus aliados, siendo un cautivo de esos hideputas?

—La cuestión es que, de repente, la situación dio un giro inesperado. —Padre pareció no oírme, estaba hastiado en la culminación de su relato—. Un compañero, mientras cavaba una trinchera, encontró una imagen de la Inmaculada Concepción pintada sobre una tabla…

—Mirad, Padre, que yo no soy muy dato a las beaterías y más me creo que ese dicho soldado pusiera allí la virgen que realmente se la encontrara —le interrumpí, incrédulo.

—Sea de una forma u otra, la aparición de la madre de dios llenó de esperanza e ilusión el ánimo de nuestra tropa. Uno de los curas que estaban en Empel con nosotros, un hombre del que había opiniones muy diversas según quién le hubiese tratado, fray García de Santisteban, dio una misa a los que estábamos allí, y te puedo jurar que vi rezar durante ella hasta los compañeros más descreídos, porque pocas soluciones teníamos ya para salir de la situación crítica en la que nos encontrábamos.

»Sea por la virgen o por que el invierno de aquel año tuvo a bien adelantarse, el día siete de diciembre se cernió sobre el campo de batalla un frío espantoso, que tuvo a bien para nuestros intereses que empezara a congelar el flujo del río Mosa. Holac reaccionó de inmediato a tan inesperada contingencia, y ordenó a sus navíos bajo su mando que abandonaran sus posiciones tan cercanas a las nuestras y se apartaron un tanto, para que tales no quedaran atrapadas entre el hielo. Pero aunque su movimiento fue ágil, no impidió que algunas naos y algunas atalayas herejes quedaran prisioneras de él. Los tercios, entonces, las atacamos sin perder tiempo y cayeron en nuestro poder.

—Joder con la virgen, qué gran ayuda nos prestó —fui irónico, ya saben vuestras mercedes de mi agnosticismo con respecto a las cosas de la religión.

—¡No sabía de ti que eras un puto incrédulo! —Padre reaccionó a gritos, lo que puedo decir que no me sorprendió—. Para ti será motivo de mofa la figura de la virgen, sea cual sea esta, pero para mí es la madre de Dios y no admito que la rebajes a la nada como han hecho esos hideputas de los protestantes.

—Y yo os digo que vos sois mi padre solo cuando os place, y no todo el tiempo como debería ser —yo no chillé, pero mi tono fue muy duro—. Y aunque lo hubiereis sido siempre y no de forma tan parcial, os recuerdo que yo ya no soy un niño y ni vos ni nadie puede señalar lo que yo debo creer ni pensar.

—La Inquisición no opinaría como tú, Gutierre —las palabras se le atropellaron en la boca.

—Denunciarme si queréis, Padre, no seré yo quien os lo impida.

—Eso no viene a cuenta ahora y no vendría a cuento si nos os hubieseis burlado de la Virgen.

—Si tanto os afecta, supongo que debo pediros perdón por ello, aunque he de aclararos que la mofa y el descreimiento no son sinónimos.

—Tú eres eso que dices, pero he decirte que en Empel la aparición de la Inmaculada Concepción en la ínsula donde teníamos establecido nuestro campamento tuvo la repercusión importante de que los habitantes de la ciudades católicas próximas al lugar convocaran procesiones solemnes, rogativas y rezos en petición de nuestra ayuda. La Virgen consiguió que nuestra causa conociera el mayor fervor conocido de la historia de la guerra librada allí.

—No sabéis lo que me gratifica esa noticia.

—La festividad de la Inmaculada Concepción deviene del día siguiente a los hechos antes citados, el ocho de diciembre, cuando nuestros mandamases nos emplazaron a cargar con nuestras barcazas para cruzar el hielo y, una vez hecho esto, montarse en ellas y atacar a los barcos holandeses y el fuerte establecido por estos mismos a orillas del río Mosa, que capturamos o incendiamos y nos dio la victoria en una batalla que teníamos perdida.

—El llamado milagro de Empel.

—Un término establecido por los flamencos, no por nuestra parte, para narrar tan insólito acontecimiento que nos permitió ganar esa contienda. —Padre se levantó del asiento que había ocupado hasta entonces, dispuesto a marcharse ya de mi lado. La cuenta, como siempre que nos encontrábamos, me la dejaba para que la pagara yo—. Para más inri, el cabecilla rebelde de aquella gran batalla, el ya susodicho conde de Holac, expresó tras su derrota unas palabras parecidas a estas que voy a decirte ahora: «tal parece que Dios es español al obrar tan grande milagro»[22].

[22] La información de la Batalla de Empel está extraído del magnífico artículo titulado "El milagro que salvó a los Tercios en Empel", publicado en La Vanguardia el 07/12/2020 por Eduardo Garrido.

La participación de mi padre en la Batalla de Empel me hizo sentirme orgulloso de él durante el tiempo que me duró esa ilusión.

Porque por una de esas casualidades que tiene la vida, en una de mis paces entre guerra y guerra que libré durante los años anteriores a este de año de 1634, conocí a un anciano que averigüé por buenas fuentes que era un veterano de aquella lid, al que le pregunté por la batalla y si había tenido relación en ella con mi padre, del que le di su nombre y apellidos. Supo de él enseguida, y me dijo que sí, que había sido compañero suyo de tercio, pero cuando me referí a Empel, él negó con la cabeza repetidas veces.

—No, tu padre no estuvo en Empel —afirmó con apabullante seguridad—. Tras el sitio y la toma de Amberes cometió alguna que otra tropelía, por lo que estaba preso durante el transcurso de esa campaña. Participó en batallas anteriores y otras posteriores, pero no en esa.

Qué quieren que les diga a vuestras mercedes. Parece evidente que mi padre me contó la historia de otro que no era él.

Finalmente, la decepción de aquel recuerdo falso de Padre y al ser de menor importancia lo acontecido a mí, por ser de menos importancia, prefiero guárdamelo por el momento, y la narraré si viene al caso.

Autor y año Desconocido:
Victoria de Gustavo Adolfo de Suecia en la batalla de Breitenfeld

Carl Wahlbom: *Muerte del rey Gustavo Adolfo en la batalla de Lützen* (1855)

Johann Tserclaes, conde de Tilly

XVII. Los suecos

Soldados escoceses, identificados como del regimiento de Donald Mackay Lord Reay, al servicio de Gustavo Adolfo, 1630–31

Las guerras por el control del mar Báltico entre Suecia y Polonia, mal definido este país con este único nombre, porque en realidad se debería intitular Mancomunidad de Polonia-Lituania, unidas ambas naciones en una sola desde el año 1569, tuvo varios periodos de vigencia entre término del siglo anterior y lo que llevábamos de este, hasta que a pesar de que las victorias sobre el terreno de esta última en una buena parte de las batallas libradas durante el conflicto, hubieron de firmar un tratado de paz desfavorable hacia sus intereses porque las arcas del estado doble estaban agotadas y les era imposible mantenerse en la guerra.

La paz entre los dos países enfrentados acarreó dos rumbos diferentes en cada uno de ellos. Polonia-Lituania decidió mantenerse neutral en la guerra que se estaba desarrollando en las entrañas del Sacro Imperio Germano Romano, a pesar de la preeminencia del catolicismo dentro de sus fronteras, mientras que Suecia se dispuso a tomar parte activa en la misma.

Los suecos habían adquirido una experiencia bélica muy importante por los hechos de la guerra mantenida con los polacos y la inagotable belicosidad de su rey en ese momento, Gustavo II Adolfo, que no estaba dispuesto a constreñirse a las fronteras de su reino helado. La excusa que dio para entrar en el conflicto fue tan obvia como falsa, que no fue otra que defender y proteger a los luteranos de un emperador injusto. La realidad escondida fue un temor más que un miedo real, anticiparse a una posible intervención católica en su país, y aún más oculta, fue el ansia de expandir sus dominios o influencia por todos los territorios colindantes con el Báltico y si fueron más allá de esa franja de terreno pegada al mar, fue para proteger a esta de posibles contraataques enemigos que se la arrebataran. Del mismo modo de lo ocurrido con los dinamarqueses diez años antes, los suecos contaron con el apoyo logístico y militar de Francia y los Países Bajos sublevados contra su legítimo rey.

La intervención de aquestos escandinavos en la guerra en el Sacro Imperio empezó al principio del verano del primer año de la que década en que vivimos, cuando una gran flota sueca se situó en la Pomerania, situada una parte de aquella en el norte de Alemania.

La región fue tomada de inmediato por el ejército invasor, al que los pomeranos no opusieron resistencia. Tras aquesta conformación de una base de operaciones, Gustavo II Adolfo se dirigió al río Óder, cuya entorno conquistaron en su práctica totalidad.

Después intento sublevar Mecklemburgo para sumarla a su causa, pero sus habitantes estaban muy conformes con el gobierno que Albrecht von Wallenstein les había proporcionado y no atendieron a las intenciones de los extranjeros que acudían en un auxilio que ellos no necesitaban. Gustavo II Adolfo decidió entonces concentrarse en la toma definitiva de todos los bastiones imperiales en torno al río Óder, cuestión en la que acabó teniendo éxito tras varios meses de reñidos combates.

Johann Tserclaes, conde de Tilly, que también contaba con su apodo como otros tantos hombres ilustres del período, el Monje con Armadura, un hombre fiel a la legalidad vigente como deberían haber sido todos los prójimos nacidos en los Países Bajos como fue su caso, era el maestre de campo que ejercía el mando sobre las huestes de la Liga Católica en ese momento. Se había mantenido a la expectativa hasta entonces, a la espera de recibir el refuerzo de las tropas del imperio que permanecían en Italia. Cuando llegaron, marchó desde el oeste al este de Alemania, para hacer frente a los nórdicos.

Gustavo II Adolfo no permaneció a la espera de la llegada del enemigo y volvió a Mecklemburgo, en esta ocasión muy alejado de sus primeras intenciones de paz con respecto a la ciudad, que tomó ahora por la fuerza, sin avenirse ahora a los deseos de sus pobladores.

El rey sueco se había hecho con el control de todo el territorio pretendido, y lo que le que le faltaba por conquistar, las fortalezas de Demmin, Greifswald y Kolberg, cayeron en su poder en marzo de 1631.

El avance de Gustavo II Adolfo parecía imparable, y su ejército empezó a adquirir la fama de invencible. Los imperiales, incluso los de credo protestante, empezaron a ver a los suecos tanto como un aliado como un enemigo al que había que temer. A propuesta de Jorge Guillermo I de Hohenzollern, soberano de Brandeburgo y duque de Prusia, Juan Jorge I, elector de Sajonia, conde palatino y monarca de Meissen y Mísnia, convocó una reunión de los príncipes protestantes del imperio en la ciudad de Leipzig, inaugurada un mes antes de la toma de los últimos bastiones en la Pomerania y en el entorno del río Óder por Gustavo II Adolfo, con la presencia de los margraves[23] citados, casi todos los príncipes menores de Sajonia y los administradores de los obispados herejes y de las ciudades libres imperiales. El acuerdo fue unánime entre todos ellos, pues decidieron aliarse y contratar soldados para defenderse, además de efectuar una recluta general en los territorios que gobernaban.

Fue entonces cuando los nuevos concordados mandaron un mensaje al emperador. Se pondrían de su lado si, a cambio, Fernando II derogaba el Edicto de Restitución[24]. El

[23] Denominación antigua para los príncipes soberanos de algunos estados de Alemania.

[24] El Edicto de Restauración, editado en el año 1629, declaró ilegal la secularización de las tierras eclesiásticas llevadas a cabo después de 1552 y exigía la devo-

emperador se negó a ello por la influencia de su confesor jesuita, que lo persuadió de que era mejor perder todos sus reinos en la Tierra que frustrar la salvación eterna.

—¡El puto integrismo religioso jodiendo la marrana una vez más! —exclamé yo entonces en voz muy alta, en un grito en realidad.

Anselmo, que era el relator de todo lo que estaba sabiendo sobre los suecos en la guerra que se estaba librando en el Sacro Imperio Romano Germánico, por sus creencias tan firmes como equivocadas a veces, le dio la razón a Fernando II.

—La vida en este mundo es un tránsito, entiendo a la perfección la decisión que tomó el emperador —fue lo que dijo.

—Yo no pongo en duda eso que dices sobre otra vida mejor tras la mierda que es esta. Si no fuera así, Dios estaría torturándonos a la mayoría de nosotros desde que nacemos hasta que morimos —fue mi respuesta, un tanto sacada de quicio tras oír la réplica de mi amigo a los inconvenientes que yo había expresado con anterioridad—. Porque al empe-

---

lución de las mismas a la iglesia católica. En la práctica, suponía el retorno a la situación religiosa y territorial presente inmediatamente posterior a la Paz de Augsburgo. El Edicto de Restauración fue puesto en vigencia sin la aprobación de ninguno de los príncipes alemanes.

rador no le hubiese costado ni un ápice echar hacia atrás ese puto edicto y, si eso era pecado, haberse confesado después y luego haber pagado indulgencias para evitar pasar por el purgatorio.

—No quiero discutir contigo, Lope.

—Conmigo no lo harás nunca, porque yo no permitiré que tal cosa ocurra. Así que sigue contando, puesto que supongo que aún no has concluido con lo que estabas diciéndome.

Juan Jorge I consiguió aglutinar a cuarenta mil hombres para su ejército…

—Me cago en todo. Cuarenta mil hombres que podían haber estado de nuestro lado.

… mientras que los otros príncipes solo pudieron reclutar pequeñas tropas.

Llegó entonces la primavera de ese mismo año y la ciudad imperial de Magdeburgo se sublevó contra el emperador. Los gobernantes de la villa habían tomado a Gustavo II Adolfo como el paladín de la causa protestante. Fue una decisión sin duda precipitada, basada en conceptos erróneos, puesto que muchos de los príncipes de su propio credo habían supuesto, con razón, que la pretensión de los suecos no era otra que apropiarse de los puertos alemanes del mar Báltico, lo que le convertiría, en la práctica, en una especie de lago bajo su control y adueñarse de todo el comercio que transitara por él. Tampoco tuvieron en cuenta otro posible anhelo del monarca escandinavo, la mera expansión territorial.

Un bulo muy extendido también por los estados protestantes del Sacro Imperio Románico Germánico fue que, al tratarse de una guerra en la que intervienen muchos mercenarios, el ejército sueco estaba compuesto en su mayor parte por nativos de su país, mientras que el imperial era una mezcolanza de soldados pagados de muchas nacionalidades, cuando era justo al contrario, en cuanto a origen natal al menos se refiere.

La hueste sueca se podía llamar así por muy pocos de sus efectivos. Dicen que solo unos tres mil quinientos de ellos eran de este origen, pues contaba en sus filas con unos trece mil alemanes, casi tres mil escoceses y un número que no llegaba al millar de finlandeses, livonios y curlandeses. Los soldados del imperio, por el contrario, estaban conformados en su mayoría por germanos, pagados o no, acompañados por un número muy inferior de valones, bohemios, croatas e incluso una minoría de los citados escoceses.

Magdeburgo no recibió ayuda de los que consideraban sus protectores, los suecos, más allá del envío de uno de sus coroneles para dirigir la defensa de la ciudad, y el conde de Tilly no tardó en poner cerco a la ciudad, que cayó en poder de nuestros aliados pocos días después. La ciudad fue sometida a un saqueo tras ser tomada, y todo por un desgraciado malentendido. El día anterior al ataque final sobre Magdeburgo los gobernantes de la localidad había decidido rendirse, pero el mensaje con su capitulación no llegó a tiempo a Tilly, que ya había ordenado el asalto.

Los herejes son muy lenguaraces y expertos en difundir bulos. El saco de Magdeburgo es verdad que se produjo, pero afirmar que veinticinco mil de sus treinta mil vecinos fueron masacrados por los soldados imperiales, porque se hace muy difícil creer que una cosa así se pudiera hacer en un solo día, que fue el tiempo que duró el pillaje de la villa. Por el contrario, no parece un imposible que se prendiera fuego a, al menos, una parte de sus casas, aunque también cuesta creerse que toda la ciudad ardiera entera. Más teniendo en cuenta que cuando los defensores se vieron perdidos, ellos mismos minaron diferentes lugares de su trama y prendieron fuego a otros, por lo que las culpas del incendio no hay que achacárselo a uno de los bandos, sino a los dos.

El problema de cualquier rumor que es escuchado por todos y que los hay crédulos y otros que se atañen a la realidad de los hechos ocurridos y la habladuría de lo malo ocurrido en Magdeburgo se extendió por todo el imperio, sin tener en cuenta de que lo ocurrido, además de a los muertos y robados durante el asedio y el saco, era perjudicial para los intereses del segundo Fernando en la guerra que se estaba librando, porque pasaba a convertirse de inmediato en una guerra civil, en la que los protestantes habitantes del Sacro Imperio se podrían convertir en enemigos potenciales tanto de nuestros aliados como nuestros.

Gustavo II Adolfo, que además de un gran guerreador tenía dos dedos de frente, aprovechando la patraña exagerada sobre lo ocurrido en Magdeburgo, atrajo hacia su lado a Jorge Guillermo I, el margrave de Brandemburgo, al que devolvió las ciudades de Küstrin y Spandau, que había puesto bajo su control mientras duró el asedio de la primera y marchó con sus tropas a sitiar Berlín, la capital del principado, a la que no llegó a atacar, porque prefirió mandar emisarios para parlamentar con su soberano, que se avino a un acuerdo porque no tuvo otra opción, con el enemigo a sus puertas, por el que convirtió a Brandemburgo en una especie de vasallo suyo que tenía que entregar todos los meses treinta mil *reichsthaler*, que es como se llama la moneda del lugar, a los suecos, unos dineros que le venían de perlas a los escandinavos para mantenerse en la guerra.

Tilly no era un mal militar, ni tampoco un estúpido, pero estuvo poco ágil en esos momentos de la guerra. Gustavo II Adolfo, por el contrario, no dejó de protagonizar una campaña tras otra. De esta forma, los suecos, aliados o no con protestantes alemanes, fueron encadenando una victoria tras otra en las contiendas que fueron librando. Entre ellas se pueden contar las batallas de Werben, Breitenfeld, estas dos de gran envergadura, Wurzburgo, Fráncfort del Main y Maguncia.

Gustavo II Adolfo ocupó, antes del final de ese año de 1631 todos los estados en torno al río Rin mediante alianzas, forzando la neutralidad de los principados católicos del lugar y repeliendo a nuestras tropas, referidas ya a las españolas, con destino hacia los Países Bajos, haciéndose fuerte en Alsacia, el Palatinado y la ciudad de Colonia.

Tan rápido avance y el genio militar del rey sueco puso en guardia incluso a países que se podían considerar como sus aliados, sobre todo a Francia, ya que Richelieu consideró un inconveniente el asentamiento definitivo de los escandinavos tan próximos a sus fronteras. Para colmo de todas las inquietudes, Gustavo II Adolfo pareció dejar de lado a los galos con la formación del Corpus Evangelicorum, una federación de estados protestantes con el rey norteño como su dirigente, lo que implicaba la desaparición del Sacro Imperio, al que Francia quería débil pero no abolido.

Mientras tanto, el conde de Tilly, que se había mostrado incapaz de hacer frente a la horda sueca y sus aliados hasta el momento, consiguió formar un nuevo ejército, compuesto por unos veinticinco mil efectivos, que avistó a la tropa de Gustavo II Adolfo cuando este decidió cruzar el río Danubio con los suyos. El número de sus soldados casi duplicaba a los de la hueste de la Liga Católica,

En aquel lugar se dio la llamada Batalla de Rain, en los albores de la primavera del año siguiente. La victoria fue, una vez más, de los suecos, con el éxito inesperado por parte de estos de que durante su transcurso se produjo la muerte del conde de Tilly. Los restos de su ejército lograron escapar del desastre, sin poder ya hacer frente a la tropa enemiga. Gustavo II Adolfo, tras tan asonada victoria, pareció tener a Baviera, el corazón del imperio, bajo su merced, lo que obligó a Fernando II a refugiarse en la villa de Salzburgo.

La desesperación del emperador, sin contar ya con el apoyo de su inseparable conde Tilly y con un ejército muy menguado por el cúmulo de derrotas ante los escandinavos, le hizo tener que recurrir a Albrecht von Wallenstein, del que parecía que se habían olvidado todos, y su ejército de mercenarios para evitar la pérdida de Baviera, el estado más católico de todo el Sacro Imperio Romano Germánico, lugar en donde él solía establecer sus lares cuando no estaba personalmente en campaña. A Wallenstein, por una vez, no le bastó el oro prometido por el emperador y exigió, para afiliarse a su bando, el mando absoluto e incondicional del ejército y la revocación sin condiciones del Edicto de Restitución, a lo que accedió esta vez el segundo Fernando.

—¡Cuántos problemas se hubiese evitado ese estúpido si hubiese accedido a hacerlo la primera vez que se le pidió! —irrumpí como una tormenta de nuevo en el relato de Anselmo—. Al confesor ese suyo, cuando le aconsejó en la anterior ocasión que no aceptara esa condición, le hubiese colgado por los cojones de la almena más alta del castillo más próximo y así se hubiese evitado llegar hasta tan crítica situación.

—¿Volvemos otra vez a lo mismo?

—Anselmo, tú no tienes nada de zote, no te lo hagas ahora por un fanatismo que no te corresponde. El jesuita ese que aconsejó tan mal al emperador, lo sabes muy bien, se guio por una cerrilidad que no tenía que ver con la doctrina de la Iglesia, sino por un egoísmo terrenal.

Mi amigo se quedó pensativo durante un buen rato, reflexionando sobre mis últimas palabras dichas. Finalmente, cabeceó un sí rotundo para aceptar la lógica de mi razonamiento y así lo expresó en voz alta, sin dar aún del todo su brazo a torcer.

—Tal vez tengas razón, Lope —reconoció a medias, como ya he dicho.

Wallenstein no entró en combate de forma inmediata, sino que intentó la diplomacia antes de ponerse al frente de su ejército. Intentó obtener el favor de Juan Jorge de Sajonia para los suyos y, al mismo tiempo, hacer dudar a Jorge Guillermo de Brandeburgo en su confianza en la causa sueca. Fracasó en ambos propósitos, así que decidió dedicarse a lo que mejor sabía hacer.

Antes de ir a Baviera se dirigió a Bohemia, en poder de los sajones, a los que derrotó sin mayores inconvenientes, llegando a ocupar Praga.

Después unió su hueste a la de Maximiliano de Baviera, con lo que sumó unos sesenta mil soldados, penetró en aqueste principado a través de Neumark, una ciudad sajona, donde entró en conflicto por primera vez con una tropa sueca, lo que obligó al rey Gustavo II Adolfo a retirarse a Núremberg.

Wallenstein fue detrás de él y se atrincheró en Fürth, situada a legua y media de la citada anterior localidad, donde estableció su campamento. La batalla se sentía en el aire, pero no se produjo de forma inmediata, puesto que el monarca sueco esperaba nutrirse con más refuerzos. En total, consiguió reunir unos cuarenta y cinco mil hombres.

El tiempo de espera favoreció a los escandinavos en ese aspecto, pero los perjudicó en el sentido de que las provisiones empezaron a escasear. Gustavo II Adolfo decidió entonces lanzar su ataque, que acabó en derrota porque los imperiales lo llevaban esperándolo varios días.

Las estrategias siguieron a las armas y tanto el rey sueco como el general checo se entretuvieron en reafirmar alianzas y sumar más tropas a las que ya disponían. El verano en donde se celebró ese combate declinó y llegó el otoño. El siguiente enfrentamiento pasaría a la historia como la Batalla de Lützen, que tuvo un preludio largo, con ejércitos que no encontraban ya hombres para sumar fuerzas o entrar en combate, escaramuzas para despistar, con las tropas imperiales retiradas a sus cuarteles de invierno, Wallenstein en la susodicha Lützen y Gottfried von Pappenheim, otro maestre de campo aliado, que venía de tomar Leipzig, la capital de Sajonia, a Westfalia.

A oídas de Gustavo II Adolfo llegó la noticia de la dispersión del enemigo y decidió aprovechar esa oportunidad que se le brindaba. Fue al encuentro de los sajones que debía de mandarle el margrave Juan Jorge, pero no llegaron a encontrarse, por lo que decidió dirigirse con lo que tenía al encuentro de Wallenstein para sorprenderle en su inferioridad. Pero tuvo problemas para darse prisa, el mal estado del camino y que le salió al encuentro un contingente corto pero de manifiesta gallardía de croatas, que los tuvieron entretenidos en una encarnizada lucha. Además, Wallenstein fue avisado de la marcha de los suecos contra su posición, por lo que ordenó el regreso inmediato de Pappenheim.

La batalla se saldó con la victoria de nadie, puesto que los imperiales se la otorgaron a sí mismos por el número de banderas capturadas al enemigo, más de treinta, mientras que los suecos solo obtuvieron seis, cifras que hay que dejar en cuarentena porque fueron dadas por el propio Wallenstein. Otro argumento de los que afirmaron que el triunfo fue católico vino del recuento de muertes por parte de los bandos contendientes, mil más por parte de la hueste sueca que la imperial. Y si queda alguna duda sobre este hecho, fue por la impresentable acción del general checo en plena batalla, que no fue otra que marchar con sus tropas en plena noche y en silencio hacia Leipzig, algo que dejó pasmados a sus compañeros de armas, porque les resultó evidente que dejaban la batalla sin que esta hubiese concluido.

La atribución de suecos y sajones de la victoria para los suyos derivó precisamente de la huida de la tropa del siempre mercenario Wallenstein, que debió estimar que la carnicería que estaba suponiendo la batalla no merecía el oro que le pagaban. Lo cierto es que la decisión del general checo de retirarse con su ejército a Leipzig, para luego establecerse en sus cuarteles de invierno en Bohemia, supuso que los suecos pudieran desalojar a las huestes defensoras del imperio de Sajonia, aunque fuera a costa del óbito de su monarca y la pérdida de una parte de sus más cualificados soldados.

La consecuencia más importante de aquella lid fue que durante su transcurso, el rey Gustavo II Adolfo falleció, por lo que su intención de constituir una entidad política permanente gobernada por él en los territorios conquistados o aliados y aunque había dicho en público que no tenía ninguna intención de segregar el imperio, ya se sabe que los herejes son muy amigos de añagazas y si se apagaba el mandato del emperador como se hace con una vela, el Sacro Imperio Germánico Románico dejaría de existir, por muchas palabras vanas que expresara un rey, sea del país que fuera. Y, por supuesto, el catolicismo sería relegado.

Pierre Monnera: *La Batalla de Lützen* (1974)

Karl Theodor von Piloti: *El camino de Wallenstein a Eger* (Año Desconocido)

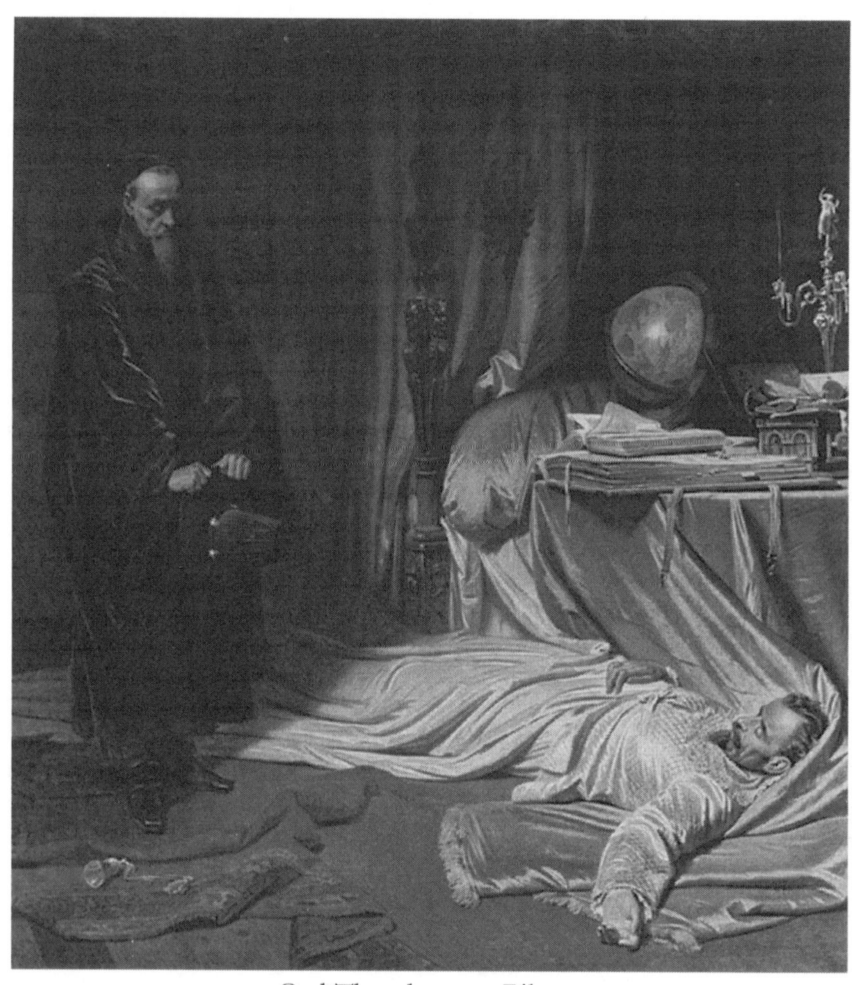

Carl Theodor von Piloty:
El astrólogo de la corte Seni ante el cadáver de Wallenstein (1855, detalle)

XVIII. El fin de Wallenstein

Anónimo: *Representación genuina del asesinato cometido en Eger sobre el duque de Friedland y algunos otros coroneles y oficiales imperiales* (Siglo XVIII)

La extraña, por no decir traidora, actitud de Wallenstein en la Batalla de Lützen demostró para muchos que no era un hombre de fiar. En la corte imperial, el mismo emperador, el segundo Fernando, que hacía tan pocos meses se había asido a su persona como la última tabla de salvación de su causa, había promovido un partido en su contra.

Entre los miembros de los tercios que habíamos emprendido el camino español viajaba el Cardenal-Infante Fernando de Austria, hermano de nuestro rey, el cuarto Felipe, para tomar posesión de su cargo como nuevo gobernador de los Países Bajos. El emperador quiso prestar ayuda a su familiar, pero no disponía de fondos para armar un ejército, por lo que tenía que desposeer a Wallenstein de su cargo de general del ejército imperial que él mismo le había otorgado, por la confianza que tenía en sí mismo para poder dirigirlo hacia la victoria contra las huestes herejes.

El plan tramado por el emperador se hubiese quedado en agua de borrajas si desde la Corte no estuvieran convencidos de que Wallenstein se había convertido en un verso suelto, más atento a sus intereses que a los de cualquiera de los dos bandos, incluso del imperial, que era quien le pagaba en ese momento. Una prueba tangible de esa actitud tan peculiar del militar checo le llevó al rechazo de la petición del segundo Fernando para que acudiera en socorro de Maximiliano de Baviera cuando este necesitó de ayuda, se limitó a enviar observadores a la ciudad de Eger que actuaron más como espías de su persona que como hombres de una causa..

Llegó un momento en que la fortaleza de Breisach, la más importante en poder del Sacro Imperio en el río Rin, que aseguraba la ruta hacia el norte de las huestes españolas, estuvo en el punto de vista de los suecos, sin que a Wallenstein pareciera importarle, porque se mantuvo en sus posiciones de reposo en Bohemia. Fue la gota que rebasó el pozo de la paciencia del emperador y sus aliados españoles, que optaron por deshacerse de Wallenstein, por lo que comenzaron a hablar con Johann von Aldringen, el principal mariscal de campo del militar checo, que acordó con los enviados imperiales reclutar un ejército desobedeciendo la orden expresa de su general, que había optado por no hacerlo.

Aldringen cumplió con lo que se le pedía y unió sus tropas con las nuestras poco después y todos juntos rompimos el cerco hereje sobre la ciudad de Constanza y disipamos todos los peligros que se cernían sobre Breisach.

Los percances sufridos por los suecos en estas dos ciudades hicieron que estos se desplazaran de nuevo hacia Baviera, en concreto hacia Regensburgo, un punto fuerte del imperio en el camino hacia Austria. Desamparado porque la mayoría de sus fuerzas se encontraban más al norte, el segundo Fernando volvió a solicitar ayuda a Wallenstein, que contestó con evasivas a la petición de socorro del emperador para decirle realmente que no, aunque fue una negativa de apariencias, porque él en persona comandó un ataque contra los escandinavos y sus aliados sajones, ante los que obtuvo un último triunfo por su parte en la Batalla de Steinau, librada junto al río Óder.

Habrán observado vuestras mercedes que en esta guerra, como en la de Flandes, casi todas las victorias parecen pírricas, porque los signos favorables de una hueste parecen tornarse en todo lo contrario en poco tiempo, ya sean días, semanas o meses, que fue lo que ocurrió en esta ocasión como tantas veces había sucedido ya antes.

Regensburgo parecía estar ya a salvo de enemigos del imperio, pero pronto las tornas volvieron a cambiarse, y si en los últimos días de octubre de ese año de 1633 el resultado de la lid librada en el entorno de Steinau parecía haberla librado del peligro inminente del enemigo, una quincena de días después el nuevo adalid de los protestantes alemanes, véase que no incluyo a los escandinavos, Bernardo de Sajonia-Weimar, volvió a atacar la ciudad ante la indiferencia, esta vez descarada, del comandante checo.

Wallenstein, con el vaivén que impartía a sus actitudes, que muchas veces más parecieron debidas a antojos y caprichos que a una táctica o política o militar o dineraria definida, había llevado hasta el hartazgo al emperador, que como ya contaba como aliado a Aldringen, pensó que ya no necesitaba de este, por lo que decidió suprimir su figura del ámbito político. En contra de Wallenstein estaba además la dudosidad que siempre levantaban sus lealtades, puestas en cuestión en ese momento porque el general había decidido retirarse con su tropa a Bohemia, como si la guerra no fuera con él en esos últimos días del otoño y principios del invierno de la fecha citada, actitud que ya había mostrado desde Lützen, recelos que había acentuado en los últimos días con el ofrecimiento de su persona para ser el intermediario en las conversaciones de una posible paz entre los bandos enfrentados.

La sospecha que daba más vueltas en la cabeza del emperador era que Wallenstein quería cambiar de bando, y aún sin tener pruebas evidentes de que pretendía hacer esto, el nuevo año inspiró al segundo Fernando para emitir una orden para el cese del comandante checo, que dejaba de ostentar de esta forma el mando sobre sus ejércitos, lo declaraba traidor a su causa y lo condenaba a muerte.

El problema fue que el emperador necesitaba de sus tropas, por lo que la defenestración de Wallenstein se debía hacer con mucha mano derecha. Lo cierto es que parte de su ejército lo abandonó, aunque hubo otros soldados que se le mantuvieron fieles. Con ellos se puso en marcha desde la ciudad de Pilsen, el lugar de su retiro invernal, hacia Cheb[25] con el propósito de unirse a las huestes herejes de Bernardo de Sajonia-Weimar. Una vez en esta última ciudad, fue agasajado por sus autoridades con un banquete en una de las casas nobles del lugar. El homenaje se trató en realidad de una trampa, en la que tres de sus maestres de campo, de apellidos tan poco pronunciables para un castellano como soy yo, Trcka, Ilow y Kinsk, fueron matados a la vista de todos los presentes, entre ellos el mismo Wallenstein.

Aún no repuesto de la sorpresa, el general mercenario por excelencia de esta guerra fue llevado aparte por un inglés, Walter Deverax, un agente al servicio del emperador, al que acompañaban seis soldados dragones. El enviado del segundo Fernando lanceó entonces a Wallenstein, que quedó muerto en la citada ciudad de Cheb.

[25] Cheb, ciudad checa, también llamada Eger.

Bernardo de Sajonia-Weimar

Gustaf Horn

Pedro Pablo Rubens:
El cardenal-infante Fernando de Austria, en la batalla de Nördlingen (1635)

XIX. Nördlingen antes de Albüch[26]

> Nunca nos habíamos enfrentado a un soldado de infantería como el español. No se derrumba, no desespera, es una roca y resiste pacientemente hasta que puede derrotarte.
>
> Coronel anónimo del ejército sueco

Jan van den Hoecke: *La batalla de Nördlingen* (1635)

La batalla contra los suecos y los sajones era inminente, los dos ejércitos se mostraban en el horizonte, enfrentados ya y preparados para la lucha.

---

[26] Crónica basada en los artículos "Batalla de Nördlingen (5 y 6 de septiembre de 1634)", publicado en Arre Caballo! El 14-03-2018 ; "Batalla de Nördlingen (1634)", visto en wikipedia.org y "La Batalla de Nördlingen" de El Gran Capitán, portal de historia militar.

Los ejércitos invencibles, de eso tenían fama los tercios y también la hueste sueca, que con sus aliados protestantes habían campado a sus anchas por Alemania desde hacía casi un lustro, parecían que no lo eran tanto desde un tiempo a esta parte. De los españoles, se decía que no habían logrado una victoria en la Guerra de Flandes desde la toma de Breda, desde la que ya habían transcurrido ocho años y sí importantes derrotas con posterioridad, como fueron la batalla durante el Sitio de Groenlo, en 1627, que nunca se consiguió recuperar para los nuestros, la del Sitio de Bolduque, en 1629, Maastricht en 1632 y la más cercana al día de hoy, Rhinberg el año pasado. Tampoco habíamos salido bien parados en la Guerra de Sucesión de Mantua, disputada entre 1628 y 1631, fechas que sé muy bien porque yo fui partícipe de algunas de sus lides.

Los suecos y sus aliados, por su parte, tras la muerte de Gustavo II Adolfo, habían sido derrotados en Breisach y Constanza y contaban con un problema interno de importancia, la rivalidad evidente entre Bernardo de Sajonia-Weimar, el comandante al mando de las tropas protestantes tudescas, un dirigente siempre belicoso pero altanero que había aprendido mucho de la guerra durante el mucho tiempo que combatió al lado del difunto rey sueco, y Gustav

Horn, el mariscal al mando de la hueste sueca, un muy buen estratega mucho más prudente que su aliado alemán. Gustavo II Adolfo, aunque fuera un enemigo, no cabía duda de que se trató de un gran militar, a la altura de alguno de los nuestros que ya he ido refiriendo a lo largo de las líneas que estoy teniendo el gusto de redactar para que vuestras mercedes las lean si así les place, que si han llegado hasta este punto tan cerca del fin supongo que así será, como puede ser el caso de Alejandro Farnesio o Ambrosio de Spínola.

El problema era que todos ellos planificaban las guerras desde un alojamiento que, aunque se tratara de una tienda de campaña, gozaba de todas los bienestares posibles, y parecía importarles una higa el acomodo de la tropa bajo su mando, o si estos estaban al corriente de pago de sus soldadas o si comían un buen pan de campaña o si en la mezcla con el que se hacía este, había verdadera mierda. Gustavo II Adolfo era uno de esos generales descuidados con los suyos o, con toda probabilidad, simplemente les importaban un cojón.

A su muerte, esa despreocupación por la tropa le estalló en la cara a su sucesor al frente de su hueste, Gustav Horn, se tuvo que enfrentar a un motín de los suyos, que no cesó hasta que se pagó los atrasos pendientes a la tropa y a Bernardo de Sajonia-Weimar se le concedió un ducado de nueva creación, el de Franconia.

Entre medias de tanta beligerancia estaba la población local, afectada de modo repetido por la conquista y reconquista del territorio de la guerra por un bando y otro, y vuelta a empezar una y otra vez con la misma historia, esquilmada o saqueada por las mesnadas de los dos ejércitos según la circunstancia en que estuviera sometido el lugar en donde vivían. La parca que acompañaba a la guerra no nos afectaba únicamente a nosotros, los soldados, sino a las gentes habitantes del lugar donde se desarrollaba, tanto por las acciones de los que eran como yo, combatientes en la misma, como por el hambre que provocaba la pesquisa de alimentos, o la ruina de las cosechas, o el desarrollo de enfermedades, que si de forma habitual ya campaban a sus anchas por el continente, en la situación actual se habían convertido en las reinas de la vida cotidiana de un país que llevaba tantos años convertido en un campo de batalla. La violencia generaliza por un conflicto tan arraigado en la cabeza de los europeos era evidente o latente. Los nuestros presenciaban lo primero porque los ojos de cualesquiera no podían evitar ver las orejas y narices humanas que los croatas que estaban con nosotros colgaban como trofeos de sus sombreros. Los escandinavos, porque hicieron muy popular a los oídos de todos una tortura que recibió el nombre popular del «trago sueco», consistente en atar a la persona en cuestión en el suelo —fíjense vuestras mercedes que utilizo el término «persona» y no el de «hombre», porque los sujetos a este suplicio no eran únicamente varones, sino también mujeres y, si era preciso, niños—, se le colocaba un embudo en la boca y se derramaban líquidos en él, cualquiera servía para ese fin, hasta que la víctima hablaba o moría. Porque sobre los suecos se pueden decir muchas cosas, aunque la leyenda negra de los tercios fuera mucho más propagada por los putos lenguaraces herejes, tras lo sucedido en Amberes y Magdeburgo, que no aportaron nada en la supuesta piedad de los nórdicos, dibujados como adalides de la defensa de una supuesta religión verdadera, la suya, pues según he llegado a saber, durante el tiempo que llevaban implicados en la guerra, sus huestes habían arrasado unos dos mil castillos y casi veinte mil pueblos, ciudades o villas referidos al territorio del Sacro Imperio Romano Germánico.

Sajonia-Weimar y Horn dirigieron fuerzas independientes, lo que supuso que ese turno de conquista y reconquista siguiera siendo una constante de la guerra. Los herejes tomaban una ciudad o una marca, los nuestros hacían lo propio. Todo parecía mantener la tónica de siempre, sino fuera por la presencia del Cardenal-Infante en la zona, camino de asumir la gobernanza de los Países Bajos, lo que supuso que el enemigo quisiera cobrarse esa pieza y, por su parte, que Fernando de Austria, que así se llamaba nuestro comandante, tenía permitido por su hermano, nuestro rey el cuarto Felipe, ayudar al emperador Fernando si la situación lo requiriese, lo que después de otros lances menores, nos llevó a Nördlingen.

El relato que viene a continuación es extenso, pero no puedo por menos que narrar los detalles de una batalla que ha pasado a los anales de la historia, entre los dos ejércitos invencibles existentes en ese momento en el mundo conocido, que como esa vez nunca antes se habían enfrentado. Además, de lo acontecido en Nördlingen fui testigo directo, y aunque el campo de batalla era muy amplio y yo no tenía ojos para abarcarlo todo, y aunque hubiera sido así no me hubiese fijado en otros detalles que no derivaran de la lucha, que aunque principalmente se desarrolló en tan solo los dos días que fueron el cinco y seis de septiembre, duró todo el tiempo del día y también de sus noches.

Antes de empezar con la crónica, hablaré de que yo formaba parte del tercio de Idiáquez, que combatió mayormente en la colina de Albüch, el principal foco de la batalla.

Nördlingen no sé si estaba o no en el camino establecido para llegar a Flandes, pero lo cierto es que a nuestros aliados, todos ellos alemanes, se les dio la orden de avanzar hacia aquella ciudad desde la otra de Donaverte[27], donde habían establecido combate con los herejes.

Nördlingen tenía una guarnición de un poco más de quinientos hombres, en su mayoría suecos. Los imperiales, al llegar a la ciudad, que estaba amurallada, acamparon en una serie de colinas que se levantaban al sur de la misma. No sé por qué no atacaron de inmediato, lo que dio lugar a que las tropas suecas al mando de Gustav Horn y el mariscal de campo Johan Baner llegaran pocos días después a las proximidades de la localidad con una hueste de dieciséis mil soldados, que se establecieron a las orillas del río Eger. Los tudescos, con dieciocho mil hombres en ese momento, contaban con una pequeña superioridad numérica, circunstancia que se repitió a lo largo de todo el combate que se dio allí.

Yo, con mi tercio, me encontraba en ese momento al sur de Nördlingen, de camino hacia ella, al sur. Formaba

[27] Actual Donauwörth.

parte de los quince mil hombres al mando del Cardenal-Infante. En el momento que llegáramos nosotros, la diferencia del número de nuestras tropas con respecto a las de los herejes sería decisiva en el devenir de la batalla que se avecinaba. El enemigo era consciente de ello, por lo que mandaron aviso a la cercana localidad de Bopfingen, que obraba en su poder, y a Otto Ludwig, duque de Württemberg, y el conde Johan Cratz von Scharffenstein, al mando de tropas protestantes apostadas en las cercanías, con lo que esperaban reunir a una mesnada de quince mil soldados más, un número que equilibraría las fuerzas entre católicos y apóstatas.

Más días transcurrieron de calma tensa, lo que dio lugar a que Bernardo Sajonia-Weimar se pusiera al frente de los protestantes germanos y, de inmediato, saliera en socorro de la guarnición de la ciudad aprovechando que hacia el norte nuestros aliados no habían construido trincheras, solamente habían establecido piquetes. El avance de Sajonia-Weimar se tornó dificultoso porque el camino que debían tomar era dificultoso, unas marismas que impedían la marcha de la caballería y hacía como la marcha de una tortuga el avance de la infantería. Aun así, consiguió añadir a más de un par de centenares de mosqueteros a la guarnición de la ciudad.

La expectativa de ambos bandos enfrentados a la espera de refuerzos fue rota por los nuestros. El tiempo de espera había sido aprovechado por los imperiales para construir máquinas de asalto y ya estaban preparados para intentar la conquista de Nördlingen y ya no hubo más demoras. Un intenso bombardeo precedió a la entrada en combate de los hombres, hasta que el conde Matías Gallas, el mayor responsable de la tropa católica, dio la orden de asalto al día siguiente. La fecha era el cuatro de septiembre, el día anterior al comienzo de la batalla que los anales han establecido. El ataque fue un fracaso, porque fue precipitado y porque Gallas había subestimado la fuerza del enemigo por la inferioridad del número de los defensores con respecto a la tropa con la que contaba él.

Justo en ese momento fue cuando llegué yo al campo de batalla. El Cardenal-Infante, además de con mi presencia, vino acompañado con casi dieciséis mil hombres, los doce mil de infantería entre los que me contaba yo, tres mil más del cuerpo de caballería y medio millar de arcabuceros montados. Los ejércitos defensores de la religión verdadera sumábamos en ese momento treinta y tres mil efectivos, por lo que volvíamos a superar en número de soldados a los herejes, que según se nos dijo andaban entre veintidós y veintitrés mil.

Los protestantes, tras la muerte del rey Gustavo II Adolfo, habían formado una alianza que llamaron la Liga Heilbronn, que pretendía garantizar una coalición entre los herejes combatientes en el Sacro Imperio Romano Germánico. Y aunque en apariencia el pacto marchaba bien, la realidad era que la rivalidad entre Bernardo de Sajonia-Weimar y Gustav Horn se había encarnizado tanto que, más que amigos, parecían contrarios.

El consejo de guerra celebrado la noche del dicho cuatro de septiembre fue una discusión más entre ellos que la puesta de común entre dos aliados que tenían que ganar una batalla que se había tornado en definitiva. El sueco pidió esperar una semana para recibir los refuerzos suficientes para igualar las fuerzas con sus enemigos, pues en ese tiempo tendrían que llegar diez mil soldados más de los suyos al frente, Bernardo de Sajonia-Weimar no quería aguardar tanto tiempo, ya que al día siguiente llegaría uno de sus mariscales de campo, del que nunca supe más que el apellido, Cratz, con más de tres mil soldados de refuerzo y, con su apoyo, socorrer de inmediato a la guarnición de la ciudad, que llevaba copada más de dos semanas. El conciábulo optó por hacer caso al turingio, por lo que prepararon un plan de ataque.

A sabiendas de que lo más probable era que la llegada del Cardenal-Infante se hubiese reforzado con los nuestros las posiciones imperiales en las colinas que ocupaban al sur de Nördlingen, los herejes descartaron un ataque frontal contra nuestros reductos, por lo que buscaron tomar posiciones estratégicas en el entorno de los baluartes que habíamos establecido, para desde ellas impedir el abastecimiento de nuestra tropa, lo que desembocaría en la retirada de nuestros ejércitos y, por ende, el levantamiento del asedio sobre Nördlingen.

La estrategia dispuesta para llevar a cabo este propósito fue que la hueste movilizada por los herejes haría un movimiento amplio hacia el sur, a través de un terreno de media montaña, mesetario y boscoso llamado Jura de Suabia o Arnsberg, donde se uniría a la tropa que venía al mando de Cratz y todos juntos marchar hacia el combate.

Los herejes dieron un rodeo para llevarnos al engaño, aparentando que se estaban retirando de la lucha. En realidad, iban hacia unos parajes desconocidos, o no explorados del todo, porque un destacamento de soldados croatas y soldados dragones estuvieron hostigando a sus exploradores y no pudieron reconocer el terreno de una forma adecuada. Por este motivo, hasta que pusieron el pie en él no descubrieron que la posición en la colina de Albüch era el punto estratégico que decantaría la batalla de un lado u otro, por lo que deberían tomarla a toda costa.

Una vez inspeccionados sus alrededores, los mandamases protestantes supieron que la mejor forma de desalojarnos de ella era atacarla desde la izquierda. Así, una vez instalados en su cima, las posiciones de sus enemigos se verían seriamente comprometidas.

Sajonia-Weimar y Horn se dividieron la tarea. El tudesco se pondría al frente del ala izquierda de su ejército, mientras que el sueco haría lo propio con la derecha. A este le tocaría la parte más fea de la tarea de la toma de la colina, puesto que él encabezaría el ataque contra los nuestros, mientras que su amigo enemigo se encargaría de la protección de los flancos y la retaguardia. El primero contaría con cinco brigadas para cumplir con su parte, el turingio tendría tres. Además de esta hueste de infantes, los herejes sumaban a sus fuerzas más de treinta escuadrones de caballería y unos mil dragones. Su artillería estaba provista de sesenta y ocho cañones.

El día cinco, como las crónicas afirman con razón, se puso en marcha la batalla. El primer movimiento vino de parte de los herejes, que levantaron su campamento para tomar el camino del sur. Un movimiento que no pasó desapercibido para los nuestros, porque los croatas que estaban con nosotros no eran muchos, pero además de crueles con el enemigo, su gran pero, siempre mostraron una eficiencia que ojalá muchos de los soldados imperiales hubiesen mostrado, y de una fidelidad inquebrantable, algo que no se podía decir de todos los teutones, dieron aviso de que el enemigo estaba en marcha.

La partida bordeó el pueblo de Arnsberg, situado en las inmediaciones, y continuaron con su falsa retirada hasta llegar a otra localidad tampoco lejana, Neresheim, a donde había llegado Cratz con sus hombres. Aquí viene a cuento lo que dije un poco antes con respecto a los croatas y los alemanes, porque Cratz, que era o había sido católico porque la familia que era su cuna practicaba ese credo, había combatido en la hueste de Tilly antaño, hasta que por una cuestión de celos, no amorosos sino derivados del oficio de guerrear al que se dedicaba, cambió de bando cuando el elector Maximiliano de Baviera no le otorgó el mando a él, sino a otro comandante, de sus ejércitos. Los que le conocían bien, decían que Cratz tenía un carácter y una forma de hacer las cosas muy parecidos a las de Bernardo de Sajonia-

Weimar, que digo yo que sería porque los dos eran orgullosos, tudescos y herejes.

Bernardo de Sajonia-Weimar se apropió de Arnsberg mientras Gustav Horn seguía con sus planes con el grueso del ejército protestante, que en ese momento penetró en el bosque que precedía a las colinas a conquistar de acuerdo a la misión que tenía bajo su mandato. Era la primera hora de la tarde. Allí fue recibido por una salva lanzada por arcabuceros de soldados dragones, tanto imperiales como de españoles, que he de recordar que acabábamos de llegar al campo de batalla. Sigo sin contar nada de mi intervención en el combate porque yo aún no había participado en él. El fuego adquirió la suficiente intensidad como para que el comandante turingio hubiera que enviar a parte de sus soldados para apoyar a su aliado.

La llegada de refuerzos a la tropa del sueco consiguió el objetivo pretendido y nuestros dragones hubieron de dejar el bosque, lo que llevó de inmediato a los herejes a alcanzar posiciones en una parte de los altos que dominaban la ciudad. El día empezaba a languidecer y Horn mandó apretar el paso para establecer una cabeza de puente segura para continuar la lucha al día siguiente.

La astucia para el combate no solo pertenecía a Sajonia-Weimar, Horn y Cratz. Matías Gallas, a pesar de su error de cálculo al lanzar el ataque sobre la guarnición de Nördlingen, no era ningún lerdo y previó el avance enemigo, por lo que había decidido desplegar a abundantes infantes en el entorno de la colina más próxima a la ciudad. Nuestros aliados permanecían a la derecha de sus posiciones de aquel bastión natural, mientras que los tercios ocupamos la izquierda. Gallas engañó al enemigo haciéndole creer que se había creído la añagaza de este que le haría suponer que los ejércitos protestantes abandonaban el campo de batalla, por lo que ordenó romper filas a los hombres que él comandaba, para volver a desplegarlos en posiciones de combate por la tarde.

El general turingio, aprovechando que el verano, aunque estuviera llegando a su fin, permitía días más largos, atacó antes de que anocheciera a los dragones de nuestro ejército hasta conseguir que estos retrocedieran. La algarabía de los combates propició otros frentes, de tal forma que se generalizó la lucha, sin que aún se hubiese llegado al cuerpo a cuerpo.

El avance de los herejes era una realidad, pero su alcance era intangible para nuestros comandantes, por lo que uno de estos, Diego Felipe de Ávila de Guzmán, marqués de Leganés, consideró necesario mandar a quinientos mosqueteros al bosquecillo que cubría la colina de Heselberg, uno de los objetivos fijados por los prebostes enemigos. Este había tomado tres de las nueve colinas que bordeaban la ciudad, pero en ese punto se dio cuenta de que sus soldados estaban agotados, por lo que decidió esperar que Horn llegara de una vez al campo de batalla para proseguir la lucha y así dar un respiro a los suyos.

El desconocimiento del terreno indebidamente explorado por su avanzadilla, propició que las tropas bajo su mando contara con repetidos problemas para avanzar por la vereda, más que camino, por el que los suyos tenían que avanzar hasta Nördlingen desde Arnsberg, pues los carros que tenían que arrastrar su artillería apenas cabían en el sendero, por lo que sus hombres tuvieron que ir despejando de obstáculos el paso para poder llegar a su destino. Por este inconveniente, los suecos no llegaron hasta la batalla hasta bien entrada la noche, los infantes antes que la caballería.

A pesar de la oscuridad absoluta que lo cubría todo, Horn decidió cesar la pausa que Bernardo de Sajonia-Weimar había concedido a los combates, y ordenó reanudar la lucha, llevado por la boca de lobo en que se había convertido el terreno donde se desarrollaba esta, a cargo de infantes, sin que la caballería y la artillería pudiera intervenir en la misma hasta que clareara el día, que ya sería seis de septiembre.

La tropa hereje dispuesta por el comandante sueco para proseguir la batalla consiguió alcanzar las inmediaciones de nuestras posiciones. Los objetivos prioritarios del enemigo seguían siendo dos colinas, Heselberg y, más que esta, Albüch, la cima más elevada del lugar, que una vez conquistada, permitiría instalar los cañones de los que disponían y bombardear a nuestros campamentos y las líneas de combate que habíamos establecido, una situación que les daría la victoria en la lid.

Esta era la altura predominante de la zona, por lo que si lograban ocuparla e instalar las baterías, podrían acribillar todo el campamento y las posiciones de las tropas católicas.

El progreso sueco en plena noche sorprendió a los nuestros, lo que supuso que el resultado de la batalla pendiera de un hilo para nuestros intereses. Para retrasar en todo lo posible a la hueste escandinava, nuestros comandantes decidieron mandar a unos tres mil caballeros contra ella, mientras que los infantes, entre los que ya sí me encontraba yo y mi camarada, fortalecíamos nuestras posiciones en la colina.

Casi al mismo tiempo del ataque a la desesperada de nuestros jinetes y a sabiendas por todos de la importancia estratégica del cerro Albüch, se ordenó el desplazamiento de uno de los sargentos mayores del tercio de Fuenclara, Francisco de Escobar, al pequeño bosque que se encentraba al pie de la dicha colina, una avanzadilla para frenar los avances suecos. Bajo su mando se pusieron varias mangas de arcabuceros, hasta sumar seiscientos, no solo españoles, también estuvieron con él italianos y borgoñeses, a los que se agregó un corto número de dragones.

Los tercios inventamos una forma de hacer la guerra, los suecos fueron una vanguardia en ejercerla también. A los pies de Albüch, en aquella arboleda que precedía a sus laderas, los suecos volvieron a innovar en el arte de la lucha, pues tuvieron la ocurrencia de combinar mosqueteros con unidades de caballería, lo que hizo que la propia nuestra tuviera que retroceder, aunque el encargo recibido estaba de sobra cumplido, el ejército rebelde había minorado su avance.

Una vez vencida nuestra caballería, los suecos se volvieron hacia el sargento mayor Escobar, que les combatía en el bosquecillo al pie de la colina. Nuestros arcabuceros eran muy duchos en la batalla, lo que les hizo causar muchos muertos entre los soldados escandinavos. Estos habían usado una muy buena treta contra los jinetes nuestros, los seiscientos que disparaban contra el enemigo no les fueron a la zaga, pues no lo hacían todos a la vez, sino que formaron varias líneas desde las que tiraban a los suecos, que de esa forma siempre sufrían las consecuencias de nuestro fuego. Tan indomables resultaron mis compañeros que los herejes tuvieron que hacer uso de su artillería para doblegar a los nuestros, cosa que aún no consiguieron hasta que un tropel de cuatro mil soldados suecos asaltó el bosquecillo y lo tomaron.

Los compañeros comenzaron a retroceder, pero manteniendo en todo momento la formación, su misión no era ganar la batalla por sí solos, sino conseguir tiempo. Tanto el Cardenal-Infante como el marqués de Leganés sabían que la posición de Escobar era insostenible, lo importante era lo que el sargento mayor pudiera resistir allí, porque había que apresurarse para fortalecer la cima de Albüch, donde se pudo asentar la artillería y establecer allí las escuadras de Salms y Wurmser, ambas alemanas, que el tercio italiano de Torralto se asentaran en su retaguardia para ser un refuerzo de estos si así se precisara y, por petición expresa del Cardenal-Infante, que se enviaran otro medio centenar de arcabuceros en apoyo de los hombres de Escobar, que ya estaba resistiendo más de lo esperado las acometidas de las tropas protestantes.

Mientras tanto, la colina de Heselberg había caído. Con Albüch no podía ocurrir lo mismo si se tenía la esperanza de ganar la batalla.

Anton van Dyck: *Retrato del marqués de Leganés* (hacia 1634)

Nicolás Regnesson: *Batalla de Nördlingen* (Año Desconocido)

Jose Ferre Clauzel: *En la Colina de Albüch* (Año Desconocido)

XX. Nördlingen durante Albüch[28]

Matthäus Merian: *La batalla de Nördlingen, vista desde la colina de Álbuch*

El sargento mayor Escobar fue hecho prisionero por los herejes. El honor de tan alto cargo y de la hazaña recién conseguida no le impidió ser lenguaraz cuando fue preguntado por el mismo Bernardo de Sajonia-Weimar por la magnitud de la hueste al mando del Cardenal-Infante y el marqués de Leganés, no sé si porque sí o de acuerdo a una estrategia que buscaba acojonar al mando alemán del ejérci-

[28] Crónica basada en los artículos "Batalla de Nördlingen (5 y 6 de septiembre de 1634)", publicado en Arre Caballo! El 14-03-2018 ; "Batalla de Nördlingen (1634)", visto en wikipedia.org y "La Batalla de Nördlingen" de El Gran Capitán, portal de historia militar.

to enemigo, porque cuando dijo el número de soldados que formábamos nosotros, el orgullo del comandante apóstata le hizo mostrarse incrédulo ante la cifra que le proporcionó el prisionero, que él estimaba muy inferior, situándola prácticamente en la mitad de los efectivos referidos, a los que, para remate del envanecimiento que lo poseía, tenía en un muy escaso valor, por lo que se refirió a ellos como «desarrapados soldados españoles».

El ataque a la colina de Albüch dio comienzo. Las desavenencias entre los suecos y los germanos les impedían tener una buena comunicación, ni tan siquiera en combate. Por ello y porque la humareda presente en la ladera y la oscuridad, hizo que dos regimientos herejes, uno alemán y otro sueco, que avanzaban hacia nuestra posición se tomaran por enemigos y se enzarzaran a dispararse los unos contra los otros. Leganés y el Cardenal-Infante se apercibieron del desbarajuste momentáneo entre las filas de los contrarios y dieron orden a la caballería para que cargase contra ellos.

Tras ellos, coraceros de los nuestros, entre los que por fin me encontraba yo ya, aún a medio equipar la mayoría, nos lanzamos colina abajo, ganando impulso a cada tranco, por lo entramos en contacto con una furia irrefrenable, a saco, con la hueste enemiga, a la que perjudicamos mucho en lo referido a los muertos y heridos que los ocasionamos. La conquista por los herejes de Albüch tendría que esperar.

La noche fue muy larga para nosotros, esforzamos como estuvimos en fortificar lo mejor que pudimos la cima del cerro y un poco más debajo de ella. La alborada nos recibió con casi todo preparado para afrontar a la hueste hereje con garantías. Nuestros comandantes habían dispuesto tres puestos defensivos, el situado al sur al cargo de un regimiento, el central por dos y el establecido más al norte por otro, reforzado este por un batallón.

Las primeras luces del día atronaron con los disparos de las artillerías de los dos oponentes, mientras Horn situaba a su tropa en posición de ataque. El comandante sueco contaba con un inconveniente que el trascurso de la lucha demostró ser trascendental. El paso entre las colinas era estrecho, por lo que no tuvo más remedio que disponer a los suyos de forma escalonada, entremezclando líneas de infantería y caballería. Las unidades de infantería contaban con cinco o seis cañones ligeros y un número de soldados próximo a los diez mil hombres.

Horn decidió que el primer ataque fuera comandado por Johan Vitzhum von Eckstadt, un hereje sajón, mientras que él mismo comandaría los siguientes, que sabía que serían necesarios porque no iban a doblegar nuestra resistencia de inmediato.

Un regimiento de coraceros del dirigente sueco fue el primero en entrar en combate contra nostros. Horn se había dirigido al sur de Albüch, donde se situaba un barranco que los herejes habrían que cruzar para trepar a la colina. El paso era estrecho, de tal forma que la marcha del enemigo se hizo lenta. La circunstancia propició que los hombres del tercio de Toralto, que era uno de los presentes en la batalla, descargaran sus armas contra los suecos, causando un buen número de bajas, lo que obligó a la caballería pesada hereje a cargar hacia la posición del tercio, que fracasó en el intento de desbaratarlo, al enfrentarse ellos a dos unidades de sus iguales borgoñeses situadas en el ala izquierda de las defensas del cerro, que atacó a los jinetes escandinavos por un flanco y la retaguardia, que sin duda hubiesen sido exterminados si no hubiesen acudido en su apoyo dos escuadras más de su propia caballería. Los tres escuadrones enemigos se hubieron de retirar de la lucha, justo en el momento en que su infantería empezaba a subir la colina.

El primer asalto fue realizado por dos brigadas, la escocesa de William Gupp y otra que debía de estar comandado por un maestre de campo sueco llamado apellidado Pfuel. Algunos de los regimientos suecos tenían la peculiaridad de que eran conocidos por nombres de colores, como eran el amarillo, azul y verde, tomados del tono de las bandas, fajas y plumas que portaban, a los que se consideraban tropas de élite, al igual que lo ocurría con los compuestos por los mercenarios escoceses, uno de los cuales se utilizó, como ha he dicho, en la primera oleada mandada por los herejes para la toma de Albüch.

El primo asalto enemigo fue efectuado por algunos más de los tres mil hombres, que tomaron como objetivo al bastión defendido por una tropa compuesta de alemanes que contaban con menos de la mitad de efectivos. La lucha se decantó hacia quien debía hacerlo por la superioridad de fuerzas de más de dos a uno, lo que hizo que los teutones hubieran de retirarse hacia las alturas del cerro. Los enemigos, regocijados por su éxito, lanzaron sus hurras en torno a la fortificación conquistada. Entonces, una explosión resonó en todo el promontorio. Los alemanes habían cedido ante el empuje de una fuerza superior, pero de gilipollas no tenían nada. Tras ellos, en el bastión, habían dejado un carro repleto de pólvora, que estalló en ese preciso momento, lo que causó otro buen número de bajas entre los asaltantes, además de un desconcierto absoluto entre sus filas.

Los teutones recién huidos y nosotros, los soldados del tercio de Idiáquez, cuyo maestre de campo era el conde de Fuenclara, nos lanzamos contra los contrarios, a los que disparamos mucho y les dimos tantas o más cuchilladas, lo que les obligó a abandonar la fortaleza recién conquistada. El tiempo de la lucha no fue mucha, aunque el suficiente para mí para que matara a bastantes de aquellos hideputas, sobre todo escoceses, que odiaba por la simple razón de que no sabía qué carajo hacían allí, porque estaba seguro de que no solo el oro les movía en una guerra que no era suya, ya que el fanatismo no se compra, y ellos parecían poseídos por ese tal.

La camarada que englobaba a mis amigos, más allá de los compañeros que todos los soldados del tercio éramos, salió bien librada de ese primer combate de aquel largo día, aunque hubiese podido haberlo sido mejor, si no hubiera sido gravemente herido uno de los borgoñeses, Janin Gossaert, que recibió un tiro casi a boca de jarro, de cuyas secuelas murió unos días después.

El siguiente ataque no tardó en producirse. Las tropas enemigas se vieron reforzadas por soldados de la Brigada Amarilla. Los italianos del tercio de Toralto resistieron la carga de la caballería, acompañada por una buena dotación de infantes, pero se encontraron con el problema de que los alemanes que compartían posición con ellos dejaron las armas y huyeron en desbandada. Avergonzado por lo sucedido, el coronel Wurmser, el hombre que los comandaba, decidió permanecer en el puesto que le correspondía, acompañado de un puñado de oficiales que habían decidido permanecer a su lado. El lugar ocupado por el cobarde regimiento teutón fue asignado, en un principio, al tercio de Idiáquez, que ya he dicho que es en el que estaba enrolado en ese momento, mientras que la unidad de Wurmser debería permanecer en segunda línea de combate, tras nosotros. Si no fue así, fue porque el coronel germano protestó al Coronel-Infante, al que recordó que llevaba más de treinta años al servicio de España y no podía tolerar que se le relegara a segunda fila en la batalla más importante que se iba a librar, la más trascendental de los últimos años. Si le mandaba situarse tras el tercio Idiáquez, por supuesto que acataría la orden y nos dejaría a nosotros en primera línea del frente, pero dejaría el mando de su regimiento a un allegado, tomaría una pica y combatiría como un soldado de a pie en las filas de nuestro tercio. El Cardenal-Infante, ante tanta muestra de valor, le concedió lo que pretendía, para encontrarse que, una vez iniciada la lid, los suyos salín huyendo.

El coronel Wurmser no tardó en morir, otro igual de su grado, el príncipe de Salm, fue herido gravemente y falleció al día siguiente.

La desbandada de los alemanes y el límite de resistencia del tercio italiano, cuyos soldados combatieron como jabatos durante todo la lucha, supusieron que los suecos se apropiaran de una parte de nuestra artillería situada en el lugar, que vi con alarma cómo empezaban a volver hacia los nuestros. De conseguirlo, Albüch estaría en serio peligro de perderse y, por ende, reclinar la suerte de la batalla en favor de los herejes.

Una orden llegó a nuestros oídos, el tercio Idiáquez debería avanzar para situarse en primera línea. De camino a nuestro puesto en la contienda, no dejamos de tropezarnos con una turba de soldados de los nuestros que huían como ratas que abandonan un barco. El frenesí de los cobardes amenazó con romper nuestra formación. Ante tal situación, di orden de ofrecer las picas, un mandato que se replicó como un eco por todos los sargentos del tercio, y pronto las lanzas estuvieron dispuestas mirando a nuestro frente y empecé a ver como algunos de los pávidos empezaban a insertarse ellos mismos por su loca carrera en los hierros de sus astas. La sangría, que muy probablemente fue mayor que como la he definido, con la palabra »algunos», hizo que muchos de los que huían se unieron a nuestra formación y marcharan con nosotros a echarnos en cara a la hueste hereje. Una vez recobrada una relativa tranquilidad, Martín de Idiáquez, que daba nombre a nuestro tercio y que provenía de una familia de gran raigambre en eso de ser militar, hizo que unas mangas de mosqueteros se adelantaran para socorrer a los del tercio del Toralto, y llegaron a tiempo de mantener la línea donde este se había situado. Una vez llegamos a la altura de los italianos, las balas y las picas se hicieron los dueños de la escena. Ambos tercios aguantamos los embates de los suecos sin ceder ni un solo palmo de terreno, hasta que los herejes se dieron por vencidos y retrocedieron. El primer y segundo ataque del enemigo habían sido rechazados.

La batalla no había hecho nada más que empezar. Los ámbitos en que se desarrolló, incluso estando inmediatos a donde yo me encontraba combatiendo, se me podían pasar desapercibidos en su detalle, por lo que, a partir de este momento, avisaré a vuestras mercedes cuando ocurra, intercalaré el relato que fue mi experiencia con la de mis compañeros más allegados de mi camarada.

Los suecos hicieron uso de la artillería, nosotros también. La tercera oleada de los herejes no tardó en llegar. Los norteños, como ya he dicho, contaban con un ingenio innato para la guerra. En la tercia vez que fuimos atacados, estos utilizaron una maniobra que consistía en el tiro a la vez de tres líneas, consistente en que los disparos se producían por los suyos estando una primera línea tumbada en el suelo, una segunda de rodillas y una última de pie, táctica ya utilizado por nosotros en la defensa del bosquecillo. El alférez José Sierra Redondo, que como ya dije en líneas anteriores cultura no tenía mucha, pero sí mucha sapiencia para guerrear, vio la estratagema de los suecos de inmediato, se podía decir que como todos los demás soldados del tercio, y de inmediato encontró una solución para evitar las salvas del enemigo, que fue tan sencilla como ordenar al tercio que se agachase a su orden, por lo que las balas disparadas por los herejes pasaban por encima de nuestras cabezas, sin que apenas causaran muertos o heridos entre los compañeros. Cada descarga de los suecos los dejaba temporalmente sin el uso de armas de fuego, porque los arcabuces y mosquetes había que recargarlos, circunstancia que aprovechamos por nuestra parte para responder con plomo al plomo enemigo, y puedo asegurarles a vuestras mercedes que nosotros sí matábamos en un buen número.

—La caballería sueca nos atacó con un denuedo casi salvaje —las palabras que pongo ahora provienen de Blas Gómez, el sargento amigo que formaba parte de mi camarada—. Los piqueros de los tercios apostados en la cota siguieron sin ceder ni un solo paso. Las largas armas que portaban serían capaces, en ese momento de la lucha, de contener a una tormenta de rayos y truenos mandada por el mismo Dios. La moral estaba muy alta, o esta se disimulaba porque ante ellos estaba la vida o una muerte inmediata en manos de los herejes. La cuestión es que los nuestros contaban con la supuesta desventaja de que los piqueros era una tropa de a pie y el enemigo nos cargaba desde sus cabalgaduras, que no fue una evidencia que viera solo yo, sino que apreciaron los comandantes que nos dirigían, por lo que mandaron en nuestro socorro una hueste de los nuestros al mando del Gerardo de Gambacorta, que les acometió por los flancos, que hizo que los suecos y sus secuaces a sueldo se encontraran con los hierros de nuestras picas como muro enfrente y con los jinetes de nuestra parte abatiéndolos por los lados, por lo que nos los quedó otra que huir. En cuanto los herejes volvieron a bajar la ladera de la colina, pude fijarme en conciencia en lo que transcurría a nuestro alrededor. Busqué con la mirada a Anselmo, y vi que aunque no era ni por mucho de los más jóvenes de nuestra partida, se mantenía aún en pie con su lanza, inclinado sobre sí mismo y jadeante, sucio y desharrapado, pero en apariencia sin ninguna herida.

El Cardenal-Infante, su primo del mismo nombre que él, rey de Hungría, Leganés y Gallas no eran más listos que nosotros, una cualidad que no abrazaba a los hombres que tuvieran sangre noble o simplemente roja como la de los demás corriendo por su ser, pero se habían percatado todos ellos de que la batalla en ese momento era Albüch, por lo que decidieron fortalecerla más aún. Vi como llegaban varias mangas de arcabuceros y más caballería a nuestra posición, un refuerzo que me hizo sentir un alivio que casi no me dejó respirar, un gesto que me di cuenta que se repetía en muchos de los nuestros, entre los que aún estaban todos mis amigos, a excepción del ya muerto borgoñés Janin Gossaert, un hombre de pocas palabras que, a pesar de todo, había conseguido mi aprecio por ser un hombre de marcado honor, de tal forma que no dejaría de echarle de menos en todo momento.

Anselmo Fuentes vio cómo llegaban los arcabuceros y la caballería de refuerzo y cuando maduraba aún si aquellos soldados serían suficientes para contener un cuarto ataque de los suecos y sus aliados, vio con alegría que cuatro mangas de mosqueteros acudían hasta donde él y los compañeros aguardábamos la siguiente embestida del enemigo. Según se supo de inmediato, dos de ellas procedían del tercio de Cárdenas y el otro par del tercio de Torrecusa, que tras saludarnos con loas a Dios y al rey, siguieron camino a donde estaban los de Toralto, que llevaban soportado más tiempo la lucha.

Anselmo, recuperado ya lo suficiente del cansancio que le había ocasionado el ataque anterior, vio que se nos venía encima el siguiente. La fuerza dispuesta por el enemigo era una fuerza mixta compuesta por caballería e infantería, cargada con picas, con las que buscaban contrarrestar la eficiencia de las nuestras. Este asalto fue más breve que el tercero, pues los jinetes de Gambacorta volvieron a hacer acto de presencia para poner en fuga a los caballeros suecos, lo que provocó una especie de pánico temporal entre los infantes, que siguieron a los montados en su huida.

Anselmo fue consciente de la tenacidad de Horn en su empeño de tomar la colina cuando contó un quinto, sexto, séptimo, octavo, noveno, décimo y undécimo ataque. Las bajas en sus tropas parecían no afectarle en su ánimo, pues la toma de la colina parecía más ya un empeño personal que una acción de guerra. A Anselmo, según me contó después, por el contrario, le conmovía cada una de las nuestras, fueran o no de nuestra camarada, que también las hubo por centenares. Pere Clos murió en el séptimo u octavo asalto, Doménico Ricci fue herido de importancia un poco después, él mismo en ese propio trance en un costado, llaga que le sacó de la primera línea de piqueros pero no del combate, Telmo Bernaola, el Vasco, del que aún no les había hablado a vuestras mercedes, porque era más un fiel acompañante de todos que un hombre al que le gustara destacar, murió casi al principio de la lid de un arcabuzazo y, por último, también cayó Adolfo González, abulense de un pueblo llamado Cebreros, un hombre que era, sin ninguna duda, con el que peor me llevaba en el grupo, sin otro motivo que nunca hubo una comunicación fluida entre los dos, muy seguramente porque ambos teníamos opiniones siempre diferentes sobre cualquier tema, sea cual sea el que se tratara.

Pablo Filemón salió indemne de esos primeros once ataques, porque ya contaré que hubo más, al igual que Jacques Jadot. De allende nuestro grupo, Anselmo supo de la muerte de Paul Netzer y del helvético Sigmund Maier, del que las malas lenguas decían que mantenían una relación contra natura, que la supuesta actitud de ambos como señor y criado no era más que una máscara para encubrir tan odioso vicio que ambos intentaban ocultar, para pasar así de largo ante el escrutinio de sus superiores, que los hubiesen condenado incluso a morir de haberse probado que en realidad eran sodomitas.

Walter Leslie, el escoces de varios bandos, se mostró fiel a los nuestros y luchó en Nördlingen, aunque nuestros caminos apenas se cruzaron durante su transcurso, porque estuvimos cada uno situados en frentes distintos.

Pero volvamos a la beligerancia. Bernardo de Sajonia-Weimar no había participado en los intentos de la toma de Albüch, se había limitado a mandar refuerzos a Horn y a observar uno tras otro los fracasos del sueco en cumplir con la parte que le correspondía en la batalla, mientras que él estaba asentado en la colina de Heselberg desde el mismo momento en que se propuso hacerlo. El orgullo que se apoderaba de todo él le hacía suponer que si hubiese sido su persona quien comandara el ataque a Albüch, los suyos ya estarían acampados en su cima.

Lo cortés no quita lo valiente, y a pesar del desprecio que sentía por las habilidades militares de su aliado escandinavo, que más habría tenido que aprender de su rey muerto, Gustavo II Adolfo, en ese sentido, tal como hizo él, no podía permitir que nosotros, los papistas si nos atañemos a la nomenclatura utilizada por los herejes, a los que odiaba tanto, ganaran aquella batalla. Por eso, decidió tomar de nuevo la iniciativa y ordenó que ocho escuadrones de sus coraceros, mil y poco hombres, se trasladaran desde la cota de Heselberg hasta la pequeña llanura conocida como Herkheimerfeld, para interferir en el tránsito de nuestras tropas desde el ala derecha que ocupaban una parte de ellas en refuerzo del ala izquierda, que es donde se estaba llevando a cabo el grueso de combate, en donde vuestras mercedes se pueden imaginar, que era Albüch.

Sajonia-Weimar no debió de dar crédito a lo que ocurrió a continuación. Al paso de sus coraceros salieron tropas de caballería de nuestros aliados teutones, que se enzarzaron en combate con ellos, que batieron a los suyos en una primera instancia y que fueron rematados por los disparos de los arcabuceros y mosqueteros que los acompañaban, de tal modo que hubieron de replegarse hacia donde habían partido.

Pero reaccionó de inmediato ante la catástrofe de los suyos. Dispuso que Cratz se pusiera a la cabeza de una tropa similar a la anterior y que fuera a la llanura para cumplir con el propósito que esta hubiera tenido que cumplir.

Matías Gallas, al ver que el enemigo insistía en lo mismo, actuó de la misma forma que la anterior vez, mandó a la caballería a afrontar a los herejes y, al igual que lo sucedido antes, fueron capaces de rechazarlos.

Tras estas escaramuzas, la batalla se desarrolló de forma definitiva en el entorno a la colina de Albüch. La lid se decidiría allí. Todas las fuerzas de los unos y los otros, por tanto, confluyeron hacia allí.

De Horn se dice que fue entonces cuando dispuso de sus mejores tropas para conquistar el cerro. Una falacia sin duda, porque es imposible que un comandante espere a un decimoquinto ataque –al undécimo le había seguido ya un decimosegundo, un decimotercero y un decimocuarto- contra un bastión para hacer uso de ellas, salvo que tuviera miedo por su propia suerte y los hubiera utilizado como escolta personal hasta ese instante, cosa muy probable sabiendo el carácter demostrado en la guerra por el sueco.

Porque a las brigadas se les pusiera el nombre de colores, no significaba que estos le dieran una fortaleza que los hombres que las componían les debían otorgar. Dos de ellas, la Negra y la Azul emprendieron esta vez la carga. Les acompañó la que también se decía que era la mejor caballería sueca. Al frente de tan irresistible ejército se puso también a uno de sus mejores generales, Johan von Thurn. La victoria parecía asegurada para la hueste sueca, aún antes de haberse librado el combate.

Ante tanto pompo, Martín de Idiáquez, nuestro maestre de campo que daba su nombre al tercio, se sintió evidentemente molesto porque pareciese que los catorce ataques repelidos hasta ahora no hubiesen tenido importancia para el enemigo, como si ellos fueran capaces de hacer lo propio con un brazo atado a la espalda. Ante esto, y haciendo aparentes oídos sordos a los elogios de la hueste de nuestros oponentes, porque en realidad sí se preocupó de las fuerzas que le opondrían ahora los suecos, no pudo por menos que dirigirse a los hombres del tercio para ensalzar nuestro ánimo.

—Ea, señores, parece que estos demonios sin Dios nos quieren dar la puntilla y contra nosotros viene lo mejor que pueden poner en el campo, será cuestión de echarle redaños y aguantar firme[29].

La acometida decimoquinta fue la más severa que recibimos, porque que allí estaba la élite del ejército sueco no

[29] Palabras textuales.

era un alarde, sino verdad de la buena, aunque para este caso sería mejor decir de la mala.

La hueste de Johan von Thurn nos superaba en número, pero los tercios no cedimos, aunque yo temí por nuestra suerte cuando los vi subir cuesta arriba hacia nosotros.

El frenesí de aquesta beligerancia hizo que yo actuara de un modo delirante, centrado en matar enemigos y dando las órdenes que estimé precisas para evitar que de los que mí dependían corrieran esa suerte por mi culpa. Acuchillé entre las picas, disparé con mi pistola, que muchas veces no tuve tiempo de recargar, por lo que tomaba la de otros soldados ya caídos y hacía uso de ellas, aunque más de un click sonó en mis oídos porque alguna de aquestas armas también estaban sin munición. Situé mangas, sustituí a los arcabuceros y mosqueteros heridos o muertos con personal competente para ello y, acabados estos, con el que se me encontrara más cerca.

Vi a muchos caer, a Blas Gómez ser herido una primera vez y luego una segunda, lo que no le privó de seguir combatiendo. A Anselmo, con la marca recibida de la carga anterior, poniendo pie en pica, primero calzado con sus botas y luego prácticamente descalzo. Aquella visión me sobrecogió y vi que muchos de sus compañeros actuaban de la misma forma. Al turco combatiendo como un arrojo por encima de la lógica, al borgoñés atravesando herejes con su espada, que prefería siempre que podía a una pistola, porque era un esgrimista de los mejores que nunca he visto.

Gritos de furia, dolor y muerte se entremezclaban con el sonido continuado de los disparos, provinientes de los soldados de ambos bandos.

Johan von Thurn, con el transcurrir de las horas, que luego supe que fueron unas cinco, se dio cuenta de que no podría tomar el bastión defendido por nuestro tercio y el de Toralto y decidió cesar el ataque, aunque no se llegó a retirarse de su posición en la ladera de la colina.

Los españoles, yo el primero, vimos a los suecos en tan precaria posición y una furia endiablada se apoderó de nuestras voluntades. Rompimos filas, sin que ninguno de los oficiales, capitanes o maestres de campo pusieran ninguna objeción, y embestimos contra los putos herejes que tanto nos habían hecho sufrir.

—¡Santiago y cierra España! —fue el grito pronunciado por muchos que pareció una sola voz.

Casi al unísono, desde el valle, se produjo una carga de nuestra caballería dirigida contra su retaguardia, lo que produjo el estrago definitivo en la horda protestante.

Los suecos y sus aliados o mercenarios empezaron a caer como moscas, mientras que de nosotros se pudieron contar las bajas con los dedos de pocas manos.

Los jinetes del ejército hereje optaron entonces por una retirada definitiva y, viendo aquella espantada, Thurn no tardó en ordenar lo propio con los infantes que le quedaran. En la colina habían perdido la vida más de la mitad de los hombres que emprendieron el asalto a Albüch.

La victoria estaba de nuestra parte, no solo en lo referido al cerro donde se habían desarrollado la mayoría de las hostilidades, sino con respecto a la batalla entera.

Bernardo de Sajonia-Weimar y Gustav Horn discutieron sobre lo que debían hacer a continuación. El turingio aún creía en la posibilidad de ganar la lid, el sueco abogó por la retirada total de la hueste entera. En esta ocasión, ganó el criterio defendido por el general escandinavo, por lo que las mesnadas rebeldes emprendieron el repliegue.

Los nuestros no dejaron de hostigarles mediante duró este, con tanto éxito que se puede decir que el ejército sueco tuvo que dejar de actuar en el Sacro Imperio Romano Germánico porque su tropa fue prácticamente aniquilada.

Siete mil de sus soldados murieron en la batalla, toda su artillera fue requisada por los nuestros, al igual que su tren de suministros al completo, compuesto por unos cuatro mil carros, y se tomaron entre cuatrocientas y quinientas de sus banderas. El comandante Gustav Horn fue capturado, junto a la mayor parte de sus coroneles vivos y seis mil de sus soldados.

La leyenda de ejército invencible se les acabó a los suecos tras esta derrota.

Bernardo de Sajonia-Weimar fue herido dos veces y estuvo a punto de ser hecho prisionero también, pero cuando estaba en una situación comprometida, uno de sus soldados le cedió su caballo, logró huir y estuvo jodiendo la marrana en batallas contra nuestras huestes durante unos cuantos años más.

Anselmo, malherido aunque no de muerte y yo prácticamente ileso, intercambiamos muchos comentarios sobre la batalla. El que más curiosidad me produjo fue el relativo al número de cargas que recibieron los dos tercios establecidos en la cima de Albüch.

—Quince dicen que resistimos —dije yo referido al asunto.

—Dieciséis fueron, que no quince —replicó Anselmo cargado de razón.

—¿Estás seguro?

—Sí.

Carlos IV, duque de Lorena

Cornelis Danckaerts: *Otto Luis de Salm-Kyrburg-Mörchingen* (1642)

XXI. Willstätt

España mi natura,
Italia mi ventura,
Flandes mi sepultura

Frase de los Tercios

Wenceslaus Hollar: *El río Rin con Estrasburgo en la distancia* (1630)

La Batalla de Willstätt fue la continuación lógica de lo ocurrido en Nördlingen, librada en las cercanías de la ciudad libre de Estrasburgo, que es lo mismo que decir a las orillas del río Rin.

La saco a colación porque fue el episodio final definitivo que terminó con la presencia de las huestes suecas en el Sacro Imperio Romano Germánico. Yo no participé en esta contienda, puesto que ya había tomado el camino de Flandes escoltando con mi tercio al Cardenal-Infante, que después de todo había recorrido el camino español con nosotros para hacerse cargo de la gubernatura de Flandes y que si había intervenido en la guerra que se libraba en el Sacro Impero Romano Germánico, fue porque, se podía decir, se encontró con ella.

La Batalla de Willstätt fue breve, entablada a finales del mismo mes de septiembre en que se combatió en Nördlingen, pero ya en los primeros días del otoño. La libraron los ejércitos del emperador, España y la Liga Católica aliados entre sí. Puestos al mando del duque Carlos IV de Lorena y el general Johann von Werth, que derrotaron a una hueste sueca formada en su mayoría por soldados teutones, al mando del conde de Renania Otto Luis de Salm-Kyrburg-Mörchingen, el duque de Wurtemberg y el margrave de Baden-Durlach

La batalla fue corta, mucho, pues solo duró unas tres horas, pero en la que se produjo mucha carnicería, pues unos dos mil soldados que combatían bajo el estandarte sueco perdieron la vida y otros muchos fueron capturados.

El ejército de los católicos contaba con seis regimientos de caballería –unos tres mil hombres–, dos unidades croatas y trescientos mosqueteros, lo que suponía mil quinientos infantes. Los nórdicos, por su parte, habían recluta-do soldados procedentes de Suabia, un ducado fronterizo entre Baviera y Baden-Wurtemberg, y también vinientes del lago Constanza, que sumaban entre seis mil y siete mil hombres. Un tropa francesa, que ya empezaba a intervenir con mesnadas propias en la guerra, tras percibirse el rey Luis XIII a través de su valido, el cardenal Richelieu, que su intervención era necesaria si quería impedir la prevalencia de los Habsburgo y los españoles en el contexto político europeo, aunque llegaron tarde al combate y no alcanzaron a intervenir en él.

La lid se mantuvo equilibrada al principio, hasta que Carlos de Lorena consiguió abrir en canal el regimiento del conde Salm-Kyrburg-Mörchingen, considerado el mejor de los suecos y puso en fuga al resto de las fuerzas de los herejes.

Unos dos mil suecos murieron en el campo de batalla y otros muchos cuando fueron perseguidos por sus enemigos y así rematados, o ahogados en el río Rin cuando intentaron cruzarlo a nado o en embarcaciones que se mostraron precarias o naufragaron por la sobrecarga a la que se vieron sometidas por la afluencia de los aterrorizados huyentes.

La causa protestante dentro de las fronteras del imperio pareció derrotada y los vencidos se avinieron a firmar la llamada Paz de Viena, consistente en un acuerdo en que el segundo Fernando, el emperador, concertó un tratado con los príncipes alemanes protestantes, que debería poner término a la guerra que había devastado una gran parte de Alemania. El trato firmado entre ambas partes devolvió a sus súbditos rebeldes a eso precisamente, a convertirse de nuevo en una parte de ellos.

Tras diecisiete años de guerra en apariencia religiosa, los protestantes y católicos tudescos habían conseguido reconciliarse. El problema que hizo que la guerra continuara vino desde países extranjeros a sus fronteras, como fue el caso de los perseverantes Países Bajos, el apoyo bajo cuerda de los gobernantes suecos a todo lo que oliera a los rescoldos de su guerra perdida y, sobre todo, la declaración de guerra de Francia a España, que activó la lucha dentro del territorio gestionado por el emperador Fernando, más concretamente en Renania.

Michiel Jansz van Mierevelt: *Retrato del conde Axel Oxenstierna* (hacia 1635, primer regente de la reina Cristina de Suecia durante su minoría de edad)

Retrato de Francisco de Melo, Conde de Assumar, superando la Batalla de Honnecourt (grabado del siglo XVII)

XXII. Las últimas victorias de los tercios

Apéndices al libro añadidos poco antes de mi muerte

Peeter Snayers: *La Batalla de Honnecourt* (hacia 1653)

La interesada entrada en guerra abierta de Francia en un momento en que los demás intervinientes en la misma ya estaban agotados por tantos años de conflicto, supondría la derrota de imperiales católicos y de los españoles en una conflagración que duraría treinta años, trajo Rocroi, la derrota contra los galos de los tercios que se consideró que significaba su fin como ejército invencible, como antes había ocurrido con el sueco.

A pesar de ello, los tercios tuvieron dos victorias importantes tras Nördlingen, una de ellas antes de Rocroi y otra muy alejada en el tiempo de todas las demás.

La primera, la llamada batalla de Honnecourt, tuvo lugar en el año del Señor de 1642, cuando el gobernador de Flandes del momento, Francisco de Melo, que aprovechó que las hostilidades con los holandeses parecían gozar de una tranquilidad relativa y lanzó una ofensiva contra el norte francés.

La sorpresa de su ataque le hizo tomar la ciudad de Lens. Y aunque Melo tuvo que dividir su fuerza porque le llegaron noticias de que los rebeldes neerlandeses se estaban movilizando para reanudar la guerra contra nosotros, no abandonó la campaña y, por medio de informaciones que iba recibiendo, decidió salir al paso de los refuerzos franceses que acudían hacia la localidad conquistada. Fue un dia de finales de mayo cuando las tropas de Melo, entre cuyos efectivos me encontraba yo mismo y una buena parte de los compañeros que habíamos sobrevivido a Nördlingen y otros más con lo que intimamos tras las muertes producidos en aquella batalla, aunque en eso hubo que hacer un esfuerzo inusual, puesto que resultaba evidente que cada vez había menos alistamientos de valientes, o desesperados por el hambre, a los tercios, cuando salimos al paso de la hueste enemiga comandada por el conde de Harcourt y un mariscal de campo llamado Antoine de Gramont, otro noble, a la altura de un lugar llamado Honnecourt.

El campamento francés se había fortificado en lo alto de una colina. A un lado se encontraba protegido por una abadía y un bosque, por la retaguardia por un río, llamado Escalda, y asomaba el frente con la artillería de la que disponía, un total de diez cañones, y se resguardaba además con bastiones construidos para la ocasión. Soldados contaban los comandantes con unos diez mil, un tercio de ellos pertenecientes a la caballería y el resto, infantes.

La supuesta posición privilegiada de los galos tenía un inconveniente, que junto a la colina que ocupaban había otros cerros, que ocupamos nosotros con los cañones que disponíamos, mientras que los jinetes y los de a pie nos quedábamos en sus estribaciones.

Los franceses cometieron un error de bulto o la superioridad supuesta que todos parecían creer que tenían ante los españoles les causó un perjuicio que en un ejército moderno no tenía que haberse producido jamás, que no fue otra cosa que no tener rastreadores que detectaran nuestra presencia hasta que fue muy tarde.

Desde la colina ocupada por nuestra artillería se bombardeó al enemigo, que empezó a sufrir estragos que no se imaginarían ni en sus peores sueños. Entretenidos con la debacle, utilizo para la ocasión el término francés, los soldados de los tercios nos posicionamos ante el campamento enemigo. Los tercios no estaban compuestos únicamente por españoles, en sus filas había también italianos, valones, irlandeses y alemanes.

Unos regimientos italianos, los cuales le echaban tantos cojones como nosotros a la lucha, vislumbraron un paso entre el bosque y la abadía y, tomándolo, atacaron a los franceses. El panorama, entonces, se asemejó a un mal sueño. El ruido irreal producido por los tamborileros de los tercios al avanzar hasta el frente, las salvas de mosquetes que barrían el terreno, la bruma producida por los humos, se me asemejó al infierno, en el que ya había estado muchas veces en lides anteriores. Pero yo ya no era un hombre joven, contaba con cuarenta y cuatro años, y las heridas recibidas durante tantos años de servicio, los huesos que me dolían todos, la vista que ya me estaba empezando a fallar, me dijo que moriría pronto si no abandonaba las guerras y no acudía al próximo reenganche a los tercios que se me cruzara en el camino.

Lo cierto que mi pesadilla la debía de dejar para otro momento, porque una vez con los franceses frente a nosotros, debía evitar la muerte si quería plantearme la segunda opción que llevaba tiempo rondándome la mollera. La batalla estaba ya en pleno apogeo, pero no fue Nördlingen y la colina cayó casi de inmediato en nuestras manos. Una ilusión, Lanzaron un contraataque y se batieron como demonios.

El primer objetivo del enemigo, como es lógico pensar, fueron los piqueros italianos que habían asaltado y tomado su campamento, que no tuvieron más remedio que retirarse. Para evitar que la matanza se cerniera contra nuestros compañeros. Hubimos de intervenir contra los franceses que iban tras ellos, a los que conseguimos detener en su avance y salvar así la vida de los latinos, término que utilizo con ellos pero que en realidad somos algunos más, entre ellos los propios españoles.

Ahora, los que subíamos la colina éramos nosotros, españoles e italianos, seguidos de los irlandeses y los valones. La lucha fue encarnizada, incluso más de lo que solía ser habitual. Los asaltos que lanzamos contra el bastión francés fueron tres que acabaron en fracaso. La ladera se llenó de cuerpos muertos, acompañados por los de los heridos que estaban tan graves que no se les había podido traer de vuelta hasta la seguridad de nuestra retaguardia… o de la suya, si es que existía tal cosa allá arriba. En el último de los ataques fui herido por…, no sé por cuánta vez, porque ya eran muchas. También Blas fue alcanzado en un hombro, el derecho, lo que le impediría blandir sus armas con la mano buena, pero la experiencia y el empeñó de no ser un cadáver demasiado pronto, le había hecho esforzarse durante el transcurrir de tantos años en la milicia, en manejarse tan bien con la zurda que con la diestra, y aunque nunca fue así, llegó a apañarse bastante bien, por lo que siguió en la batalla.

Al menos, el tercer asalto había conseguido penetrar en la línea enemiga hasta alcanzar las trincheras cavadas por los galos para pertrechar su campamento antes incuso de nuestra ofensiva. Desde allí se planeó un cuarto ataque. El propio Melo participaría en él, al frente de los hombres que solía mandar de propia voz, sin intermediación de mariscales de campo, coroneles o sargentos mayores.

A la cuarta fue la vencida, aunque sé que el refrán dice que debió ser la tercera. La resistencia de los franceses fue tenaz una vez más, pero en esta ocasión no les bastó. En este último embate de la batalla murió Doménico Ricci, que tras las heridas recibidas en Nördlingen nunca llegó a volver a ser el cabo eficaz que antes era, por lo que entre la camarada los que no eran él nos juramentamos en protegerlo en los lances que vinieran a partir de su reincorporación al tercio, pero la metralla de un mosquete no se puede parar con las manos, y fue esta la que acabó con su vida.

Ganamos la batalla, perseguimos al enemigo sin piedad, matamos a unos cuatro mil de esos hideputas y capturamos a otros tres mil- No sirvió de nada, porque deberíamos haber continuado con nuestra ofensiva en territorio hostil a nosotros, pero no fue posible, porque España seguía teniendo demasiados enemigos.

Flandes estaba amenazada por el ejército holandés que cité antes en formación, pero que ya estaba completado y Melo supo de inmediato que los hombres que antes mandó para hacerles frente no serían suficientes. También el arzobispo de Colonia había reclutado otra hueste, con la que se encaminó hacia el río Rin, y había que atajarlo. Por último, la victoria en la Batalla de Honnecourt debió tener continuación con el desarrollo de otras campañas. Como no fue así, el conde Harcourt siguió siendo un contrincante de importancia, porque la derrota en la citada lid le dejó herido, pero no muerto.

Por eso, un año después, llegó Rocroi.

Anselmo, al llegar a ese punto de la lectura de mi manuscrito, se dirigió a mí.

—Supongo, que ahora —dijo—, seguirás con Rocroi.

—Supones mal, de aquesta batalla no voy a hablar.

—¿Por qué?

—Porque perdimos.

La última gran victoria de los tercios españoles se produjo bastantes años después de que yo dejara de combatir con ellos. De hecho, tras Rocroi, me establecí con Anselmo, Blas y Pablo Filemón, el renegado turco, un hombre del que yo no tengo constancia que fuera herido ni tan siquiera una vez en las batallas que participó a mi lado, aunque puedo poner la mano en el fuego sobre la gallardía que mostró cada vez que luchó conmigo, en la ciudad de Alcalá de Henares, situada a unas cinco leguas y media de Madrid, por sugerencia de Anselmo, no podía ser de otro modo, porque decía que tenía la certeza de que Miguel de Cervantes, el autor del Quijote, había nacido allí, aunque ese convencimiento no lo tenía nada más que él y unos pocos, porque no había ningún documento que lo demostrara.

El año de la beligerancia en cuestión fue el de nuestro Señor de 1656, cuando mi edad era ya de cincuenta y ocho abriles.

Theodor van Kessel: *Don Juan José de Austria* a caballo (1657)

Justus van Egmont: *Luis II de Borbón-Condé* (1654-1658)

Delfín Salas: *Maestre de Campo español*

Merry-Joseph Blondel: *Henry de la Tour d'Auvergne* (1834-1835)

La batalla se libró en la ciudad de Valenciennes o Valencianos si utilizamos la parla castellana, una localidad fronteriza entre Flandes y Francia, en las inmediaciones de lo que fueron los Países Bajos españoles, perdidos de forma permanente con nuestra derrota en la Guerra de los Ochenta años[30].

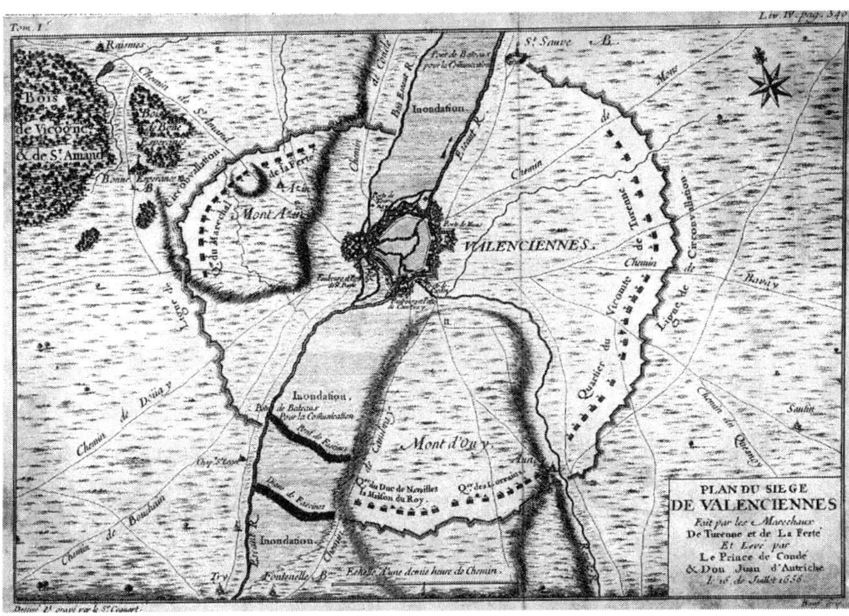

Asedio de Valenciennes: Mapa de los campamentos de Turena y de La Ferté y la circunvalación de la ciudad

Plena canícula del año citado, día quince de julio. Flandes ya no es parte de España, pero la guerra con Francia persiste. Una lástima que la decadencia de los tercios, del

[30] Flandes aún pertenecía a España, que no cedió su soberanía hasta el año 1713.

ejército hispano en general, no nos hubiese permitido derrotar a los traidores franceses, que se metieron guerra con nosotros tras Nördlingen y siguieron en liza con nosotros tras la llamada Guerra de los Treinta Años, finalizada en 1648, cuando nosotros llevábamos muchos de estos de desgaste. Si aún seguían pugnando contra nosotros, era porque querían borrar nuestra influencia de siglos en la política europea, mejor sería decir del mundo, convertidos en una nada .que se pudiera arrojar en una letrina.

Entre los años 1648 y 1652 Francia se vio inmersa en una guerra civil, la llamanda de Las Frondas, en la que podíamos haber vencido a los galos, pero la ocasión la dejamos pasar y, al fin de esta confrontación fratricida, los franceses volvieron a centrarse en la contienda con España y, ya se sabe, iban camino de derrotarnos.

Las Frondas, en nuestro favor, supuso que Luis de Borbón-Condé, duque de Enghien, el principal comandante de la victoria gala en Rocroi, se enemistara con el cardenal Mazarino, tuviera que huir del país, se pusiera al servicio de los españoles y colaborara con nosotros en la recuperación de las villas de Gravelines y Dunquerque, tarea en la contó con el apoyo de Juan Jose de Austria, comandante general de los Países Bajos e hijo bastardo del rey Felipe IV con la actriz María Calderón, uno de los pocos que el monarca reconoció de los cuarentaidós que se dijo que tuvo fuera de sus matrimonios reales, y en la victoria de la Batalla de Valenciennes.

Enfrentado a estos, a nuestros tercios, se encontraba Enrique de la Tour d'Auvergne-Bouillon, vizconde de Turena, que había asumido el honor de ser el primer general de Francia en sustitución, precisamente, de Condé y de su hombre de más confianza, el mariscal Henri de La Ferté-Senneterre.

La Batalla de Valenciennes se llamó así porque, como ya he dicho, se produjo en las cercanías de la ciudad con el mismo nombre. Juan José de Austria y Condé acudieron hasta allí en ayuda del regidor de la misma, Francisco de Meneses, que estaba a punto de rendirse ante el asedio que el francés estaba sometiendo al burgo.

La llegada de los nuestros obligó a levantar el cerco a los franceses que, en estrategia que no en número, pues las dotes en ese sentido de Condé eran sobradamente competentes, hubieron de emprender la huida. Una gran victoria, pues el enemigo contaba con veinticinco mil soldados y nostros con veinte mil. De los suyos murieron o fueron heridos unos cuatro mil, y más de un millar fueron heridos. Los nuestros, por el contrario, solo sufrieron quinientas bajas.

Como ya he contado que sucedió con nuestra victoria en Honnecourt, esta vez tampoco supimos sacar provecho de este triunfo, porque si su católica majestad el cuarto Felipe y su principal valido, el Conde Duque de Olivares habían demostrado una absoluta incompetencia en la forma de dirigir la política del imperio, con la muerte de este y la subida al trono del segundo Carlos, un rey que mostraba bien a las claras, con solo echarle un vistazo a su figura, su incapacidad para regir un país tan inmenso como el nuestro, él no iba a ser menos y, en vez de aprovechar la aplastante victoria de los nuestros en Valenciennes para firmar una paz ventajosa con los franceses, decidieron seguir con la guerra que, al final, se perdió, como tantas veces sucedía con España en los últimos años.

FIN, 27/11/2023

Rittmeister von Junzt: *Piqueros imperiales* (Año Desconocido)

Justo Gimeno:
Tercio español rechazando un ataque de caballería durante el siglo XVII

Eugene Duranin: *Tercio español en combate, con el apoyo del Arcángel San Miguel*

Serge Shemenkov: *Gustavo Adolfo de Suecia en la batalla de Lützen*

Darren Tan: *Lansquenete*

Ángel García Pinto: *Lansquenete*

Christian Molsted: *Flota holandesa*

Velimir Vuksic: *Coracero imperial durante la Guerra de los Treinta Años*

Lucien Rousselot: *Arcabucero español durante la Guerra de los Treinta Años*

Jaime Martínez: *Alférez español de los tercios en un entorno boscoso*

Lucien Rousselot: *Oficial español durante la Guerra de los Treinta Años*

Sergey Shamenkov:
Oficial y Sargento de los Tercios españoles durante la Guerra de los Treinta Años

Sergey Shamenkov:
Mosquetero y piquero españoles del ejército de Felipe IV en la década de 1630

Graham Turner: *Soldados irlandeses*